L'AMOUR, EVIDEMMENT !

DU MÊME AUTEUR

Love, always, 2020

M.D. June

L'amour, évidemment !

Une romance feel good

Le Code de la propriété intellectuelle n'autorisant, aux termes de l'article L. 122-5, 2° et 3° a, d'une part, que les « copies ou reproductions strictement réservées à l'usage privé du copiste et non destinées à une utilisation collective » et, d'autre part, que les analyses et les courtes citations dans un but d'exemple et d'illustration, « toute représentation ou reproduction intégrale ou partielle faite sans le consentement de l'auteur ou de ses ayants droit ou ayants cause est illicite » (art. L. 122-4).
Cette représentation ou reproduction, par quelque procédé que ce soit, constituerait donc une contrefaçon, sanctionnée par les articles L. 335-2 et suivants du Code de la propriété intellectuelle.

Édition : BoD – Books on Demand,
12/14 rond-point des Champs-Élysées, 75008 Paris

ISBN : 978-2-322-40254-0

© M.D. June, 2021

− 1 −

Dix ans auparavant

Mon père m'avait élevée seul depuis que ma mère nous avait quittés, alors que je n'avais que quatre ans. J'avais vécu une jeunesse heureuse malgré tout. Une de mes amies d'enfance, Amanda, était restée ma meilleure confidente durant de nombreuses années. Nous avions fait notre collège ensemble, avions partagé nos premières sorties, échangé sur notre conception de la vie et de l'amour, jusqu'à ce moment où tout avait basculé et où ma confiance dans les autres avait irrémédiablement pris du plomb dans l'aile.

Nous étions en première, et je sortais depuis peu avec Sam, un garçon merveilleux, un prince charmant comme j'en rêvais. J'étais encore jeune et franchement stupide et quand on rêve, on ne voit rien… Il était beau, plein de charme, et je me voyais déjà faire ma vie avec lui. Je savais que ce n'était pas dans l'air du temps, que plein de femmes perdaient leur virginité bien avant le mariage, que tout cela était très franchement désuet, mais je ne pouvais pas m'en empêcher. Au fond de moi, j'étais une éternelle romantique. Si Sam était venu me chercher sur un cheval blanc, cela ne m'aurait même pas étonnée, c'est pour dire ! Je rêvais devant Roméo et Juliette, les amants maudits dont je trouvais l'histoire pleine de passion. La vie à côté de cela me paraissait bien fade, mais je me consolais en me disant qu'une fois mariée, j'aurai aussi droit à cet amour flamboyant. Amanda, elle, collectionnait les hommes comme les chemises. Elle passait de l'un à l'autre sans scrupule, me racontant les expériences diverses et variées qu'elle faisait avec ces garçons que je jugeais peu fréquentables. Elle me parlait contraception alors que je ne rêvais que du premier baiser. Elle se fichait continuellement de moi et cela commençait à m'agacer. Ce n'était d'ailleurs que le début.

— Salut Alysson, dit Amanda d'un air mutin. Alors, avec Sam, tu en es toujours au même point ? Toujours rien ?

— Comment ça rien ? répondis-je l'air outrée. On sort ensemble, je te l'ai déjà dit.

— Oui, eh bien, ce n'est pas ce que m'a dit Tom. Lui dit plutôt que son copain en a franchement marre d'attendre désespérément que tu veuilles bien au moins l'embrasser.

Je la regardais tétanisée. Comment Sam avait-il pu me faire ça ? Je n'avais pas du tout envie qu'il dévoile ainsi notre intimité, même s'il n'y avait pas grand-chose à en dire. On se promenait main dans la main, on allait au cinéma, mais en effet, j'attendais le bon moment pour l'embrasser. Je voulais que ce soit parfait. Cela faisait maintenant un mois qu'on était ensemble. Je sentais qu'il avait bien évidemment envie de plus, mais je ne savais pas comment m'y prendre. Sous la douche, je m'entraînais à embrasser ma main, comme si c'était ses lèvres. Je me sentais un peu ridicule à mon âge de faire ça, mais je n'allais quand même pas demander à Amanda de me l'apprendre ! Quoi qu'à y réfléchir, j'étais sûre qu'elle n'aurait pas été contre.

— Arrête de croire ce que Tom te dit. De toute façon il te considère comme un faire-valoir, tu vaux bien mieux que lui, lui répondis-je.

J'en avais marre qu'elle me prenne pour la godiche de service, et j'espérais au moins la remuer un peu.

— Ouah ! Mais c'est qu'elle mord la tigresse ! Tu vois Alysson, je sais que tu as le feu en toi. Ce qu'il te faut, c'est un *bad boy*, un vrai. Tu veux que je t'en trouve un ? Parce qu'il y a l'embarras du choix au lycée. Alors, un blond, un brun ? Tu les aimes musclés, n'est-ce pas ? dit-elle avec un regard salace.

— Mais qu'est-ce que tu racontes ? Ne me prends pas pour ce que je ne suis pas, Amanda. Je ne suis pas comme toi, tu le sais. Alors arrête de te moquer de moi s'il te plaît. Ce n'est pas drôle, répondis-je à la fois gênée et un peu triste.

— Désolée ma belle, mais j'ai tellement envie que tu te décoinces un peu. Est-ce que tu as au moins prévu quand sera le grand jour ? Pour toi, celui où tu l'embrasseras je suppose !

— Non, avouai-je penaude. Je ne sais pas encore, je voulais que tout soit parfait.

— Mais arrête de faire des histoires ! Tu l'attrapes, tu colles ta bouche sur la sienne et voilà. Point barre. Ne te pose pas de questions, tu verras il ne s'en posera pas non plus.

— On parle toujours du premier baiser là ?

— Peut-être pas non, répondit Amanda avec un clin d'œil. Mais ça, ce sera à toi de voir.

– 2 –

Une semaine plus tard

Ce soir-là, Sam m'avait invitée à dîner. Après le repas, il me reconduisit chez moi en voiture. Il venait d'avoir son permis et il était fier de pouvoir me le montrer. Arrivés devant la porte d'entrée, il descendit et m'ouvrit la portière, faisant un geste princier pour m'inviter à sortir. Devant le porche, je me plantai devant lui et attendis, le regardant droit dans les yeux, la bouche entrouverte. Allait-il comprendre ? *(Oui, cela me semble bien naïf maintenant, mais revenons-en au passé quelques instants encore).*

— Bon, eh bien je te dis à demain ? me dit-il.

— Oui, répondis-je un peu vexée.

Il se détournait déjà quand je lui mis une main sur l'épaule. Quand il se retourna, son regard avait changé. Ses yeux étaient luisants et il me regardait avec une intensité dévorante. Je sentais que c'était le moment, celui que j'avais attendu, celui qui serait parfait. Je m'approchai de lui, jusqu'à sentir son souffle sur mon visage, puis fermai les yeux. Je sentis ses lèvres sur les miennes et entrouvris la bouche doucement, permettant alors à nos essences de se mêler avec volupté. Je me lovai contre lui, tentant de lutter contre les pensées dérangeantes qui s'instillaient dans mon esprit. Mais quand ses mains se firent plus entreprenantes, je me ravisai et me reculai précipitamment.

— Je ne crois pas qu'on devrait faire ça, dis-je la voix un peu chevrotante. Je préfère attendre, tu sais.

Il se passa la main dans les cheveux et pinça légèrement les lèvres.

— OK, répondit Sam d'une voix plus froide. Tu veux attendre quoi exactement ?

C'était la première fois qu'il me posait la question comme ça, sans détour.

— Je veux attendre le mariage, dis-je d'une voix hésitante, le regardant avec intensité.

— Ah oui ? Quand même ! Celle-là, on ne me l'avait jamais faite. Mais je n'ai pas envie de me marier avec toi Alysson ! Je t'aime bien, tu le sais, mais on ne peut pas se marier comme ça ! Il faut d'abord se découvrir, savoir si on va ensemble, savoir si c'est bon, tu vois ce que je veux dire ?

— Oui, je crois que je vois. En fait, tu veux juste m'utiliser et me passer dessus comme tu l'as sûrement fait avec plein de filles avant, c'est bien ça ? répondis-je pleine de colère.

— Je n'ai rien à cacher. Et puis je n'ai pas couché avec tant de filles que ça.

— Tant ? Combien ?

— Je n'ai pas envie de te le dire. Mais ton amie aurait pu t'en parler je pense...

— Qui aurait pu m'en parler ? demandai-je décontenancée.

— À ton avis ?

Il me laissa là et partit sans un mot, claquant la porte de sa voiture. Je restais seule devant ma maison, les lèvres encore humides du baiser de celui qui venait de me quitter. Mon premier baiser. Ma première rupture.

- 3 -

Le lendemain matin, je retrouvai Amanda sur le chemin du lycée, comme tous les jours. Elle était habillée avec un short moulant en cuir noir et un débardeur violet qui lui allait à ravir. Pour ma part, je portais comme souvent un vieux pull léger en molleton gris et un bermuda vert. Je me trouvais ridicule par rapport à elle et comprenais parfaitement que Sam m'ait plantée comme une vieille chaussette la veille. J'avais vraiment été stupide de croire qu'il tenait un tant soit peu à moi. Si j'avais pu creuser un trou et me planquer dedans, je l'aurais fait.

— Salut ma belle, mais dis-moi, pourquoi fais-tu cette tête d'enterrement ? me demanda Amanda.

— C'est Sam.

— Quoi Sam, qu'est-ce qu'il a fait cet abruti ? Il ne t'a pas... forcée à faire quelque chose que tu ne voulais pas j'espère, me demanda-t-elle les yeux ronds en s'arrêtant pour me regarder plus attentivement.

— Non, bien sûr que non, c'est juste que... On s'est embrassé.

— Ah, ria-t-elle, eh ben enfin ! Je pensais que ça n'arriverait jamais. Et c'est ça qui te met dans cet état-là ? Je ne comprends pas, qu'est-ce qu'il s'est passé ?

— Il m'a quittée, répondis-je abruptement, les larmes perlant au coin des yeux.

— Comment ça ? Vous vous êtes embrassés et il t'a larguée, c'est ça ? Je vais aller le voir direct et lui dire ce que je pense de tout ça ! Mais quel idiot ! Franchement Alysson, il ne te mérite pas. Tu es vraiment trop chouette pour un type comme ça. Je ne veux pas que tu pleures, surtout pas à cause de lui. Allez, raconte-moi tout.

Mes yeux bleus mordorés avaient toujours beaucoup plu à Amanda qui les avait marron et unis. C'était une des parties de moi que je préférais, avec mes cheveux légèrement ondulés et châtains dorés. Pour le reste, je n'étais pas à l'aise avec mon corps et me planquais dans des vêtements tous plus informes les uns que les autres, au grand dam de mon amie qui passait son temps à me dire que je pourrais faire des ravages si je m'habillais de façon plus sexy. Je n'avais cependant pas envie d'être désirable pour tout le monde, juste pour Sam. Mais maintenant, j'avais surtout envie que plus personne ne me voit.

— Eh bien, un simple baiser ne lui suffisait pas, et il m'a poussée à lui expliquer ce que j'attendais pour aller plus loin. Je le lui ai dit et ça lui a fait peur.

— Attends, tu as embrassé pour la première fois ton petit ami au bout d'un mois et tu lui as ensuite dit qu'il devrait attendre le mariage pour le reste ?

— Oui, répondis-je l'air bravache. Ça te pose un problème ?

— Euh, ne le prends pas mal, mais je comprends un peu qu'il ait eu peur. C'est trop tôt pour sortir des trucs comme ça, tu ne crois pas ? Vous vous connaissez à peine Alysson !

— Et alors ? Tu trouves ça plus normal de coucher avec lui tout de suite ?

— Honnêtement, oui. Le mariage, une fois que tu y es, c'est un peu dur d'en sortir si ça ne va pas.

— Et ma première fois, il n'y en aura qu'une Amanda, je n'ai pas envie de la gâcher. Si un homme n'est pas capable de comprendre ça, cela ne vaut pas le coup.

— Tu ne regrettes pas alors ? demanda-t-elle.

— Non, répondis-je, c'est juste que je suis en colère car je me suis trompée sur lui.

— C'est clair, dit Amanda en me prenant par la main pour qu'on se remette à marcher.

— Par contre, dis-je en m'arrêtant de nouveau, il m'a dit quelque chose qui m'a intriguée, peut-être que tu vas pouvoir m'éclairer.

— Oui ?

— Quand je lui ai demandé avec combien de filles il avait couché, il m'a dit de demander à mon amie.

J'observais Amanda qui devenait de plus en plus pâle à mesure que mes traits se durcissaient.

— Euh, il a précisé quelle amie ?

— Ne joue pas à ça avec moi, tu mens tellement mal qu'on dirait que ton nez est en train de s'allonger. Tu es sortie avec lui, c'est ça ?

— Je suis désolée Alysson…

— Quand ? demandais-je la voix cassée.

— Il y a un an. C'est de l'histoire ancienne, je n'avais pas envie de te gâcher la vie avec ça, et je te jure qu'il n'y a plus rien entre nous maintenant !

— Je te crois, mais je ne comprends pas que tu m'aies caché ça, en te foutant de moi et de mes manières prudes, alors que tu t'étais envoyé mon petit ami l'année dernière. Franchement, je n'en reviens pas, tu aurais dû me le dire, me dire que c'était un pourri.

— Un pourri ? dit Alysson d'une voix plus aigüe que la normale. Parce qu'il a été avec moi, c'est ça que tu veux dire ? Tu crois comme les autres que je suis la traînée de service, c'est ça ?

— Attends, c'est le monde à l'envers là, je viens de me faire larguer, j'apprends que tu as couché avec mon copain et c'est toi qui m'accuses ?! m'énervai-je.

— Oui, parce que je ne vois pas ce que ça change par rapport à ton histoire. Il a eu des aventures avant, que ce soit avec moi ou une autre je ne vois pas où est le problème. Tu imagines si, quand tu m'as dit que tu hésitais à l'embrasser, je t'avais répondu qu'il le faisait bien et le reste encore mieux ?

— OK, je préfère continuer seule, fous moi la paix, lui dis-je.

— Très bien, reste seule alors, mais ne viens pas pleurer quand tu le seras encore dans dix ans !

Ce furent nos derniers mots échangés.

– 4 –

Maintenant

Le réveil sonna, me faisant sursauter dans mon lit défait. Ma couette rouge vif était à moitié par terre tandis que mon oreiller tout écrasé m'avait fait une coupe d'enfer. Comme tous les matins, on aurait dit qu'un oiseau s'était amusé avec mes cheveux toute la nuit. Maugréant contre cette profonde injustice qui faisait que certains avaient besoin de travailler pour gagner leur vie, je me levai précautionneusement en m'étirant doucement. La veille, un footing improvisé avait laissé des traces dans ma musculature peu habituée aux efforts. Ma collègue avait tenté de me vendre les bienfaits de ce sport sur le mental et le physique et, de guerre lasse, j'avais accepté de tenter l'aventure avec elle. Au vu de mes courbatures, cela ne me semblait finalement pas une bonne idée. Certes, mes formes étaient un peu généreuses sur les hanches et ma poitrine n'était pas menue, mais j'étais très bien ainsi et je n'avais pas envie de lui ressembler, mince comme un fil de fer avec les hanches aussi peu larges que celles d'une adolescente. Elle passait son temps à concocter des mélanges tous plus détonants les uns que les autres. Son credo ? Le détox. Chez elle, tout était toxique, alors il fallait détoxifier, tout le temps et tout le monde. Moi y compris malheureusement. Mais en ce qui me concernait, le régime épinards – salade – radis – concombre ne me correspondait pas vraiment. J'aimais manger et me faire plaisir. J'avais un gros penchant pour le fromage bien affiné et les plats mijotés du sud-ouest. Un bon cassoulet me transportait au nirvana et embellissait ma journée. En bref, j'étais une bonne vivante. Je vivais seule avec mon chat Colombo, que j'avais nommé ainsi en hommage à un de mes plats favoris, le colombo de poulet. Eh non, pas le célèbre détective ! Pourtant, mon chat me faisait souvent penser à lui, avec son œil un peu plissé et sa manière bien à lui d'aller fouiller là où il ne fallait pas. Mon animal de compagnie m'épiait sans arrêt, dans l'espoir que je lui serve sur un plateau les restes de mes repas, surtout quand ils étaient bons. Malheureusement, je n'avais pas souvent le temps de me cuisiner de bons petits plats et les surgelés remplissaient mon congélateur.

A vingt-six ans, j'étais une *working girl* accomplie. J'avais monté ma propre boîte d'édition et celle-ci commençait à attirer quelques auteurs. Je n'en revenais toujours pas de l'ampleur qu'avait prise ma société durant les deux dernières années. Il faut dire que je ne ménageais pas ma peine. Habitant seule, l'essentiel de mes interactions avec les autres venaient de mes relations de travail. J'entretenais des rapports sincères et pleins d'empathie avec mes auteurs, ce qu'ils appréciaient particulièrement. Je respectais leur travail et ne leur demandais que rarement des corrections, mais quand c'était le cas, je leur expliquais toujours longuement pourquoi et je restais à l'écoute de leurs remarques. Ma société s'appelait « *la plume et les mots* ». Certes, ce n'était pas bien original, mais j'avais commencé ainsi, sans trop y croire, et le nom était resté. Pour beaucoup, j'étais encore Alysson, l'éditrice des nouveaux talents. J'avais en effet toujours pris le parti de garder une place dans mon catalogue pour de nouveaux auteurs, afin de leur donner une chance, mais aussi pour repérer avant les autres ceux qui me semblaient prometteurs. Et cela avait payé. Reconnaissants, ceux-ci restaient fidèles à ma petite maison d'édition quand leur notoriété grandissait. Je passais donc un bon nombre d'heures par jour le nez plongé dans des manuscrits, ce qui ne favorisait pas franchement ma vie amoureuse, aussi plate que la table à repasser qui trônait sans jamais servir dans un coin du bureau. Mais cela ne me manquait pas, je me disais que j'avais le temps, que j'étais encore jeune. En amitié, j'étais très réservée également. L'histoire avec Amanda m'avait brisé le cœur et tout le reste de l'année, cette peste avait tout fait pour détruire ma réputation en me faisant passer pour une adepte d'une secte. Tous les garçons du lycée n'avaient plus osé me parler, de peur que je les embrigade. Avec les années, j'avais compris qu'Amanda avait probablement été jalouse de moi, de mes valeurs, celles-là même qui m'avaient protégée de ce qu'elle avait vécu. Passer d'un copain à l'autre, n'être considérée que comme une fille qui couche et pas une petite amie, avait été son lot quotidien. En cela, j'avais maintenant une certaine pitié pour elle et, si cela ne l'excusait pas, cela avait atténué ma rancœur. J'aurais maintenant été capable de la revoir sans avoir envie de lui mettre mon poing dans la figure. Mais elle avait modifié de façon durable ma vie et mon rapport aux autres, et ma solitude actuelle était en grande partie de sa faute. Je préférais du moins me le dire, plutôt que de me remettre en question. Me noyer dans le travail était une facilité qui me permettait de ne pas voir que ma vie filait doucement entre mes doigts et que tout le monde autour de moi commençait à entretenir des relations stables ou à fonder un foyer. Après avoir pris mon petit déjeuner, j'enfilai un pantalon et sautai dans ma voiture pour aller au travail.

− 5 −

En arrivant une demi-heure plus tard, non sans avoir pesté de nombreuses fois sur les automobilistes qui ne respectaient pas le code de la route, je commençai ma journée comme d'habitude, par un petit tour sur internet. Je devais officiellement me tenir au courant de l'actualité de l'édition et des différentes sorties littéraires pour évaluer la concurrence. Ça, c'était ce que je devais faire. Ce que je faisais ? Ma foi, beaucoup d'autres choses. Un survol des sites d'information pour constater à quel point le monde tournait toujours aussi peu rond, des recherches sur le cassoulet (encore et toujours !), mais aussi parfois des explorations sur des sites de rencontres. Ma boîte tournait bien maintenant, et il était temps de commencer à chercher mon alter ego. Le seul souci, c'était que j'étais on ne peut plus exigeante. Par curiosité, je m'étais inscrite sur l'un de ces sites et j'avais commencé à regarder les profils d'hommes. Tous se vendaient comme des petits pains chauds sur le marché et au bout d'un moment, je ne savais même plus reconnaître un blond d'un brun à tel point tout se mélangeait au fur et à mesure des photos que je faisais défiler. Les descriptions valaient aussi parfois la palme d'or de l'absurdité littéraire. Un petit exemple ?

« Salut à toi ma future déesse. Je suis beau, je suis chaud, viens me croquer si tu l'oses. »

Sérieusement ? Etait-ce un homme qui écrivait là ou un hot dog qui tentait de m'appâter sournoisement pour me faire prendre quelques grammes sur les hanches ? Je me demandais si, de par mon métier d'éditrice et mon attrait pour le verbe, j'étais plus difficile que la moyenne des femmes, ou bien si cette annonce était magnifiquement rédigée et que de nombreuses demoiselles en manque de... de je ne sais quoi d'ailleurs... allaient répondre à Chien-chaud. Bref, celui-là n'était pas pour moi, comme la centaine de profils que j'avais vus auparavant. De guerre lasse, comme d'habitude, je fermai la fenêtre du site aguicheur et revins à mon actualité littéraire.

— Salut Alysson, me dit une voix aigüe que je reconnaissais entre mille.

— Salut Miranda, répondis-je faiblement à ma collègue filiforme, que j'avais beaucoup de mal à imaginer autrement qu'en justaucorps moulant.

— Alors ce jogging, je suis sûre que tu te sens mieux, non ? On se refait ça ce soir, hein ? Tu vas voir, ça va te détoxifier tout ça !

— Euh, je crois que mes toxines vont attendre un peu, j'ai des choses importantes à faire ce soir.

— Ah ? Petite cachottière, tu as rendez-vous avec quelqu'un, c'est ça ? Tu as trouvé un bel homme prêt à satisfaire tous tes désirs ?

L'autre obsession de Miranda, hormis la détox, était d'arriver à me caser. Autant dire qu'avec celle-là, elle avait de quoi faire vu le peu de motivation que je mettais dans la chose. Elle m'avait fait rencontrer quelques-uns de ses amis, que j'avais gentiment éconduits. Mon problème principal était que depuis mes années lycée, je n'avais jamais eu de petit ami. Autrement dit, mon expérience sexuelle était inexistante. Difficile d'avouer ça à mon âge, avec ma situation et mon assurance dans la vie professionnelle. Les hommes avec qui j'avais été jusqu'à l'étape du restaurant m'avaient tous paru très pressés dès que le stade du premier baiser avait été franchi. Or j'étais demeurée fleur bleue, je voulais qu'ils me fassent la cour, qu'ils ressemblent au prince charmant de mes rêves d'enfant, qu'ils soient beaux, blonds, les yeux bleus, avec un sourire parfait, 1m80 minimum, surdoués, sensibles et forts à la fois, avec une belle situation, n'aimant pas les matchs de foot, ne fumant pas, ne buvant pas trop, ayant une bonne haleine (ça c'était non négociable !). Bref, je voulais quelqu'un qui n'existait probablement que dans mon imagination. Rien que sur le critère bonne haleine, j'avais d'emblée éliminé 90% de tous les hommes que j'avais rencontré ces derniers temps, pour dire !

— Non, toujours rien, ne t'en fais pas, je te tiendrai au courant dès que j'aurai quelqu'un, comme ça tu arrêteras de me faire rencontrer tous les mâles qui te tombent sous la main.

— Tu abuses Alysson, je fais ça pour t'aider, tu sais.

— Oui, mais tu me rappelles vaguement une ancienne copine qui faisait pareil. Je ne suis pas comme toi, regarde-moi, on dirait un sac à patates !

Miranda me regarda d'un œil inquisiteur en se reculant pour mieux me voir.

— Bon, c'est vrai que tu ne fais pas trop attention à ton physique, mais avec un peu de détox, du footing et un bon masque au concombre pour resserrer tes pores…

— STOP ! lui criais-je en me bouchant les oreilles, le sourire aux lèvres malgré tout.

La seule perspective de mettre un légume sur mes yeux me remplissait d'horreur. Je détestais les concombres en plus. Flottesques, sans goût, bref, pas mon truc. Je préférais largement les petites tomates anciennes juteuses et parfumées ou les myrtilles charnues et sucrées.

— Et si je mettais une tomate sur ma tête, ça ferait quoi ? lui demandai-je pour l'embêter un peu.

— Une tomate ? Mais tu es folle, c'est bourré d'histamine ! Déjà que tu as des rougeurs partout !

Je haussai les épaules de dépit et souriais du coin des lèvres en la voyant maugréer. J'avais réussi mon coup, je serais tranquille durant au moins une heure avant que la fée de la détox ne revienne à la charge. Mais malgré ses lubies et son excentricité, Miranda était ce qui se rapprochait le plus d'une amie dans ma vie actuelle. Et des amis, finalement, on en avait toujours besoin.

— Bon, Miranda, allez, mets-toi au travail. Je ne te paye pas à rien faire à ce que je sache, l'admonestai-je gentiment.

— Uniquement si tu acceptes de me laisser t'arranger un petit rendez-vous cette semaine, me répondit-elle le sourire aux lèvres.

Je la regardai consternée, mais son sourire communicatif ne la quittait pas et je finis par faire de même en secouant la tête et en levant les mains dans un signe de reddition.

— OK, fais comme tu veux, de toute façon, ce ne sera pas la première fois et ce ne sera pas la dernière. Tu sais très bien que je ne suis pas sortable. Mais si ça t'amuse de me traîner dans tes soirées comme un boulet au pied, libre à toi. Après tout, je n'ai pas forcément grand-chose de plus intéressant à faire. Ce qui m'inquiète, c'est que toi non plus apparemment, la charriai-je.

— Oh, mais c'est que tu attaques ! Ne t'en fais pas pour moi, mes soirées sont bien occupées, si tu vois ce que je veux dire, me répondit-elle avec un clin d'œil grivois. Mais justement, j'aimerais bien que les tiennes le soient également. On pourrait partager quelques anecdotes croustillantes. Entre copines, ça se fait, non ?

— Je ne sais pas si je te classe dans mes copines, tu sais. L'amitié, pour moi, c'est…

— bla-bla-bla ! Oui, je sais, la pauvre Alysson traumatisée par son amie Amanda, son premier petit ami Sam, et qui ne veut plus aimer ni d'amour ni d'amitié. Tu me fends le cœur là, tu sais ?

— Amanda, un peu de respect je te prie. N'oublie pas que je suis ta patronne quand même, ça t'évitera peut-être d'aller pointer au chômage. Et maintenant, comme je te l'ai déjà dit tout à l'heure, au boulot ! Arrête de t'occuper de mes histoires de cœur et avance un peu sur la pile de manuscrits que tu as sur ton bureau. Je vais d'ailleurs en faire de même, dis-je en tournant la tête et en regardant pensivement la tour formée par les amas de feuilles reliées qui menaçait de s'écrouler sur le sol.

Parfois, ce métier pouvait paraître insensé. Tous les jours, je passais des heures à lire les écrits de parfaits inconnus, qui mettaient tout leur espoir dans le fait que je trouve quelque chose d'intéressant dans ce qu'ils avaient rédigé. Malheureusement, force était de constater que dans la majorité des cas, j'étais déçue voire exaspérée par ce que je lisais. Entre les erreurs d'orthographe, de syntaxe, les métaphores à n'en plus finir qui rendaient l'ensemble terriblement ennuyeux, ou encore les anecdotes improbables qui ponctuaient des récits mal construits, je me demandais parfois pourquoi je m'étais levée. J'arrivais cependant parfois à dégotter quelques perles rares dans cet amas informe. Et quand tel était le cas, j'avais l'impression d'avoir trouvé un trésor, d'être une chercheuse d'or qui avait enfin vu sa journée s'illuminer en découvrant une paillette dorée dans le sable rugueux de la rivière.

Mon bureau était situé côté cour, dans un appartement que je louais pour héberger ma société. Celui-ci était petit, mais nous n'étions que deux et cela suffisait amplement. J'avais gardé la place qui me semblait la plus calme pour moi, car j'avais besoin pour me concentrer d'être isolée du monde. Tout bruit me dérangeait énormément quand je lisais, ce qui n'était pas le cas de Miranda. Elle était capable de lire, rédiger et écouter de la musique simultanément, ce qui me paraissait complètement surhumain. J'enfilai mes lunettes après m'être assise dans le fauteuil rouge et noir que j'utilisais régulièrement pour me reposer le dos en lisant, et pris le premier manuscrit qui attendait en haut de la pile. Il s'intitulait « *Les mots d'en haut* ».

– 6 –

L'heure du déjeuner était arrivée. Enfin ! Mon ventre commençait à crier famine et je n'avais pas vraiment envie de manger uniquement une salade de tomates. Dans mon esprit, des tartiflettes se mélangeaient à des pots de mousse au chocolat bien costauds. Baissant la tête, je regardai mon petit ventre rebondi en me disant que décidément, j'étais très bien comme ça. Le culte de la maigreur m'énervait profondément et je portais mes formes la tête haute. Après tout, et c'est ce que je disais souvent à Miranda quand elle essayait de m'entraîner dans ses régimes tous plus farfelus les uns que les autres, les tableaux des grands maîtres de la peinture magnifiaient les femmes plantureuses. Les canons de la beauté étaient à l'époque reliés à la rondeur. Le féminin était rond. J'étais ronde. Et c'était tant mieux. Pourquoi me priver de tous les plaisirs gustatifs qui s'offraient à moi uniquement pour plaire à des hommes qui n'avaient de toute façon aucun goût ? Et puis, au vu de ma situation amoureuse, ne pas déguster une mousse au chocolat pour cette raison aurait été un sacrilège. Du coin de l'œil, je vis Miranda qui arrivait d'un pas alerte, les lèvres pincées. Rentrant les épaules, je m'attendis au pire. C'était sûr, elle m'avait encore trouvé un déjeuner improbable à base de pousses de soja, à moins qu'elle n'ait vu sur un site de rencontre un profil qui pourrait me correspondre, pour la centième fois… Ses mèches décolorées dodelinaient au même rythme que sa tête quand elle rentra dans mon bureau. Je décidai d'attaquer tout de suite.

— Alors, tu as bien avancé ta pile ? lui demandai-je avec tout le semblant d'autorité dont je pouvais faire preuve.

Cela lui coupa le sifflet quelques instants et je savourai avec grand plaisir ma petite victoire. Cette fille était vraiment extraordinaire ! Ses petites manies m'amusaient autant qu'elles m'agaçaient. Mais après tout, elle faisait ça parce qu'elle m'aimait bien.

— Oui, j'en ai lu deux. Et toi ?

— Un seul, assez long, pas trop mal, mais truffé de fautes de participe passé. C'est rédhibitoire. Les tiens valaient le détour ?

Lorsque l'une d'entre nous était accrochée par un manuscrit, nous nous l'échangions afin de voir si l'autre était séduite également. Dans les grandes maisons d'édition, un comité de lecture faisait ce travail, mais nous n'étions que deux, alors il fallait tout faire nous-mêmes. Avant que je puisse embaucher Miranda, je faisais cela toute seule. Mais le fait d'avoir un deuxième avis me semblait maintenant irremplaçable. Nous n'avions pas les mêmes goûts et nous complétions parfaitement. Comme ma maison d'édition était connue pour propulser de jeunes auteurs, nous recevions beaucoup de manuscrits de personnes qui se lançaient juste dans l'écriture. Parfois, c'était il faut le reconnaître assez raté. C'était un peu mon problème en ce moment. Comme j'étais encore jeune dans le milieu, je n'avais pas de fonds de commerce qui m'aurait permis de vivre de mon activité. Je versais un salaire à Miranda, mais pour moi, c'était encore un peu compliqué. Heureusement, j'avais toujours été prévoyante et j'avais mis de côté l'héritage de ma mère que j'avais reçu enfant. Cela me permettait de vivre tout à fait décemment tout en exerçant ma passion.

— Bon, alors, Alysson, ne te débine pas ! Je t'ai dégotté un petit resto de derrière les fagots, tu m'en diras des nouvelles ! dit Miranda avec un sourire complice.

— Laisse-moi deviner ? Végétarien ? Indien ? Bio sans gluten et sans lactose ?

— Eh bien non, aujourd'hui, c'est cassoulet ! me dit-elle en éclatant de rire.

Je la regardai en clignant des yeux, éberluée. Ça y est, elle avait sombré dans la folie, c'était clair.

— Mais qu'est-ce qui t'arrive ? Tu es le sosie de Miranda, mais tu n'es pas elle, c'est bien ça ? Cassoulet ? Mais tu n'as jamais mangé de viande !

— Bon, en fait, je ne vais pas y aller avec toi.

Ah… c'était donc ça, il y avait bien quelque chose de louche dans tout ça. Mais qu'est-ce qu'elle me complotait là ?

— Comment ça, tu ne vas pas venir avec moi ? Tu te rends compte du nombre de fois où j'ai mangé tes salades atroces en serrant les dents et en t'écoutant me parler de tes régimes détox ! Et toi, tu ne vas même pas venir déguster un cassoulet avec moi alors que tu me mets ça sous le nez ? Allez, tu ne mangeras pas les saucisses, c'est tout. Tu ne peux pas me dire ça et ne pas venir avec moi ! Tu sais bien que j'ai horreur d'aller au restaurant toute seule !

Elle eut un petit sourire gêné et baissa la tête, puis la releva en me souriant en coin. Ses yeux pétillaient et je sentis tout de suite qu'elle manigançait quelque chose.

— Bon, alors dis-moi, qu'est-ce que t'as encore fait ? repris-je.

— Eh bien, tu sais, c'est un restaurant un peu spécial en fait. Il s'agit de manger dans le noir, avec des gens…

— Ah non. Je t'arrête tout de suite, je ne veux pas manger sans rien voir, et encore moins du cassoulet ! Tu te rends compte, avec la graisse qui coule partout, je vais ressortir de là, je ne ressemblerai plus à rien. Ah non ! Et puis imagine, si j'en ai partout et qu'ils rallument les lumières ! La honte totale ! m'alarmai-je.

Parmi tout ce qu'elle m'avait déjà proposé, là, c'était le pompon. Mais qu'est-ce qu'elle était en train de me faire ?

— Je n'en reviens pas que tu me fasses un plan comme ça, tu n'as vraiment pas d'autres choses pour t'occuper ? Et si tu te cherchais un petit ami pour toi plutôt que pour moi ? Tu peux peut-être te trouver la même chose dans le noir, avec un restaurant végétarien, tu ne crois pas ? continuai-je.

— Mais je ne suis pas un cas aussi désespéré que toi, chère amie. Tu comprends, tu es à toi toute seule un défi ambulant pour Cupidon désespéré. J'ai tellement envie de te voir heureuse, tu sais. Je fais ça pour toi, tu le sais bien, dit Miranda d'un ton plus sérieux tout à coup.

— Oui, je sais, mais il n'empêche que souvent, tu me mets mal à l'aise avec tes plans bizarres. Imagine que j'aille dans le noir manger ton cassoulet, et après ? C'est quoi le truc ? Je suis censée y rencontrer quelqu'un que je ne pourrai pas voir, c'est ça ?

— En fait, c'est un peu spécial. Les gens arrivent et on leur met tout de suite un bandeau sur les yeux. Et puis après, vous faites connaissance tous ensemble. Ça a l'air plutôt sympa tu sais, j'ai une copine qui a fait ça, elle en est revenue avec un copain bien à elle. Leur histoire a duré trois mois.

Je levai les yeux au ciel. Trois mois. Pour Miranda, c'était le bout du monde. Pour moi, ce n'était qu'une infime partie de ce à quoi j'aspirais. Ce serait pour toujours ou pas du tout, et ça, j'en étais sûre et certaine. Je ne voyais vraiment pas l'intérêt d'engager une relation avec quelqu'un, si ce n'était pas avec l'homme de mes rêves. Mais existait-il vraiment ? Miranda passait son temps à me dire que j'étais trop fleur bleue, trop romantique, trop *old school* en quelque sorte. Et pourtant, tout au fond de moi, je me disais que peut-être, quelqu'un sur terre pouvait avoir les mêmes aspirations.

— Trois mois Miranda ! Et c'est comme ça que tu veux m'appâter... Dis donc, tu me vends du rêve là !

— Oh, et bien, tu es ronchon toi, tu n'aurais pas tes règles par hasard ?

— Miranda ! m'exclamai-je avec stupeur et gêne mélangées. Est-ce qu'un jour tu vas enfin comprendre que j'ai un jardin secret et que je ne veux pas forcément t'y inviter en permanence ? Tout le monde n'est pas comme toi, je sais que tu es libre et délurée, mais je suis différente. Il faut que tu l'acceptes, sinon, j'ai toujours l'impression de ne pas être comme il faut, et c'est assez dur à supporter.

J'avais les larmes aux yeux et Miranda changea d'expression en un instant. Elle eut l'air navrée et vint me prendre dans ses bras avec sa bonhomie habituelle. Cette fille était un cœur sur pattes et je l'aimais aussi beaucoup pour cela. Elle était vive, naturelle, pleine de spontanéité et parfois sans aucun tact, mais jamais au grand jamais elle n'avait eu l'intention de me faire le moindre mal. Quand elle me blessait involontairement, par sa franchise ou sa façon bien à elle d'essayer de me pousser dans mes retranchements, elle se rendait tout de suite compte de son erreur et me consolait immédiatement comme une grande sœur. Je regrettais juste de ne pas l'avoir connue quand j'étais plus jeune. Cela m'aurait peut-être évité de me renfermer ainsi et de ne plus croire ni en l'amour, ni en l'amitié. A y réfléchir d'ailleurs, je me disais qu'il faudrait que je raye l'amitié des choses proscrites dans mon karma. Miranda était mon amie, il fallait que je le reconnaisse, même si cette affirmation faisait monter en moi un vent de panique à la fois à l'idée de la perdre un jour, mais aussi en imaginant qu'elle pourrait se retourner contre moi. Je ne pouvais pas vivre constamment sur mes gardes, c'était impossible, à moins de vivre en ermite complet, ce que je ne souhaitais pas, même si ma vie actuelle était peu ou prou déjà assez retranchée. Par peur d'avoir mal, je m'étais montée une barrière suffisamment haute tout autour de moi pour que personne n'ait envie de la franchir. Et pour le moment, force était de constater que cela fonctionnait plutôt pas mal. Je décourageais somptueusement tous les hommes qui avaient le moindre éclat dans les yeux en me regardant. Pour ce faire, un regard assassin, une mine hautaine suivie d'un soupir, ou tout simplement une absence totale de réaction étaient mes armes les plus efficaces. Dans mon journal intime, je consignais scrupuleusement tous les râteaux que je mettais aux pauvres hommes qui tentaient une approche de ma forteresse. Je m'en délectais, mais en même temps, en relisant mon journal, je m'apercevais qu'il y en avait de moins en moins. À force de faire le vide autour de moi, j'étais maintenant connue dans le quartier et auprès de mes connaissances comme celle qu'il ne fallait pas draguer. Après tout, ce resto serait peut-être une bonne expérience quand même. Et puis dans le noir, c'était quand même assez pratique. Je n'aurais même pas besoin de me maquiller ou de me coiffer. Le menu cassoulet était en outre un gros poids dans la balance, si je pouvais m'exprimer ainsi. Après tout, je n'avais qu'à y aller et m'enfiler les saucisses et les fayots sans parler à personne. Peut-être même qu'ils ne verraient même pas que je suis là ! Je rigolai toute seule en pensant à la tête de Miranda si je revenais en lui racontant que j'avais fait le fantôme dans son plan de resto drague. Elle m'avait déjà fait le roller drague, le cinéma drague, le zoo drague, la rando drague, et bien d'autres encore. Le resto drague étant bien sûr un de ses favoris. La différence était ici que pour le moment, elle ne m'avait pas dit qu'elle m'y envoyait rencontrer quelqu'un de sa connaissance !

— Alors ? me demanda-t-elle en me sortant de ma rêverie. Vu ton petit sourire, je sens que c'est quelque chose qui finalement va te plaire. Tu me pardonnes, dis ? Tu vas y aller ? Je le sens vraiment bien cette fois-ci Alysson ! Je suis sûre que tu vas trouver quelqu'un à ton goût.

— Le cassoulet, sûrement en tout cas ! répondis-je ironiquement.

— Ah, c'est malin, je te parle d'un homme, pas d'un plat !

— En tout cas, ce qui est bien, renchéris-je, c'est que même s'il y avait quelqu'un à mon goût, je ne m'en rendrais pas compte, puisque je ne le verrais même pas. C'est pas mal ton truc.

— Allez, dit-elle en regardant sa montre, je t'ai pris une table à midi et il est moins vingt. Tu dois filer si tu ne veux pas être en retard.

— Et on se place comment, au hasard ?

— Non, pas tout à fait, tu verras une fois sur place, allez ouste !

— OK, je te raconterai, dis-je avec une lassitude pleine de bonhomie.

— Tu ne vas pas y aller comme ça quand même ? Tu n'as rien d'autre à mettre que ça ? demanda-t-elle en regardant mon vieux chandail élimé qui me servait autant de doudou que de vêtement.

— Non, mais ne t'en fais pas, je pense que ça ira, vu que personne ne me verra si j'ai bien compris, répondis-je bravache.

Je n'avais absolument pas envie de me faire belle pour un de ces fichus rendez-vous duquel je ressortais de toute façon toujours seule. Je me demandais d'ailleurs pourquoi j'y allais, quoique cette fois-ci, l'attrait du cassoulet était tout de même assez fort pour me motiver un peu plus. Ignorant les vaines protestations de Miranda concernant mon habillement, je passai la porte et pris ma voiture, entrai l'adresse sur le GPS et démarrai doucement en écoutant du classique. Musique, chandail, j'avais tout de la vieille fille qui vivait seule avec son chat. Je secouai la tête en pensant à ça et changeai la station de radio pour mettre quelque chose de plus jeune. Mais en entendant l'espèce de brouhaha sonore qui s'offrait à moi, je remis immédiatement ma chaîne favorite.

– 7 –

En me garant devant le restaurant, je fus agréablement surprise en constatant que ce n'était pas un boui-boui infâme, mais plutôt une petite enseigne proprette qui semblait même assez cosy. Il n'y avait pas de file d'attente à l'extérieur, tout le monde semblait être arrivé et je me demandais si je n'allais pas faire demi-tour, n'aimant pas être en retard. En même temps, ce coup-ci, personne ne pourrait me voir entrer ! Je me garai et sortis en m'empêtrant dans mon pantalon trop large, pestant contre mes mauvais choix vestimentaires. Certains jours, j'aurais été proprement incapable de dire sans me regarder ce que je portais. Autant dire que m'habiller n'était pas pour moi quelque chose d'important. C'était sûrement car cela ne me disait trop rien d'attirer les regards. Je préférais me déplacer incognito dans les rues, c'était tellement plus confortable !

A la porte de l'établissement, une femme m'accueillit avec un clin d'œil presque salace, ce qui me donna envie de partir à toute allure en sens inverse. Le côté proximité complice de la part de quelqu'un que je ne connaissais pas m'horripilait au plus haut point. J'avais ma fierté ! J'étais une éditrice, pas une *pom-pom girl*. Ravalant mon énervement, je rentrai sans lui adresser un regard, comme je savais si bien le faire. La femme gloussa en secouant la tête, ce qui m'agaça encore plus. Dans quoi m'étais-je fourrée ? A l'intérieur du vestibule, tout était drapé de gris et de rose et je me demandai si je n'étais pas tombée dans un cocktail de mariage ou quelque chose du même genre.

« Pas de panique Alysson, tu vas t'en sortir », me dis-je sous la forme d'un mantra pour me rassurer. En attendant, je maudissais de toute mon âme Miranda, qui m'avait mise dans ce pétrin. Pourquoi avais-je accepté déjà ? Ah oui, c'est vrai, c'était pour le cassoulet ! Un peu plus motivée, j'enlevai ma veste et la confiai à Miss clin d'œil avant de m'avancer vers un présentoir dans le hall, qui affichait le menu. Et là, oh stupéfaction, pas de cassoulet ! En lieu et place de ce plat divin, il était indiqué *petite salade de tomates sur son lit de haricots verts, nimbée d'une sauce aux pignons de pin et à l'huile d'olive* en entrée, suivie par un plat végétarien digne de ce que Miranda me faisait manger d'habitude. Je n'en revenais pas, même le dessert était un *cheese cake* sans lait. Sans lait ! Comment pouvait-on faire un *cheese cake* sans fromage ! Comme je refusais d'entrer dans la pièce sombre qui s'ouvrait devant moi, Miss clin d'œil arriva et d'un geste sûr et entraîné, elle me mit un bandeau sur les yeux.

— Mais qu'est-ce que vous faites ? demandai-je agacée.

— L'objectif de ce repas est de manger dans le noir, vous ne vous souvenez pas ? Vous vous êtes bien inscrite ?

— Non, c'est une copine qui l'a fait, dis-je avec amertume.

— Oui, on a l'habitude de ça ici, souvent les gens n'osent pas venir d'eux-mêmes, mais vous allez voir, c'est très sympa !

— Ah bon ? Alors pourquoi vous n'y allez pas, vous ? Je vous laisse ma place sans problème, dis-je en enlevant le bandeau.

Mais la perfide fut plus rapide que moi et me le remit aussi sec.

— On dirait une enfant, allez, me dit-elle en me poussant dans le dos, ce qui eut pour effet de me faire toussoter.

En tâtonnant, j'entrai dans la pièce et allai m'asseoir, guidée par des mains que je ne connaissais pas et qui me faisaient tournoyer d'un endroit à l'autre avant de me placer enfin là où il le fallait.

— Voilà. Pour l'instant, n'enlevez pas le bandeau, je vous dirai quand le faire. Ou plutôt, il y aura un signal sonore pour vous indiquer quand ce sera le moment opportun.
— Quel genre de signal ?
— Une cloche.

Ah. À défaut de cassoulet, je pourrais toujours rêver qu'on allait manger une fondue savoyarde. Les oreilles aux aguets, j'essayais de deviner s'il y avait des gens autour de moi et combien ils étaient. Mais tout était silencieux pour le moment, hormis les pas des derniers retardataires que l'on amenait pour les placer comme cela avait été mon cas. J'attendais tranquillement, essayant de me remémorer quelque chose d'agréable pour ne pas penser au désastre qui allait suivre, tout en regrettant de ne pas avoir répondu à cette fille qui m'avait appelée Madame. Non, je n'étais pas encore mariée, loin s'en fallait. D'ailleurs dans ce cas, je n'aurais pas été là. Cela me mit un coup au moral. Faisais-je si vieille ? Déjà ? Instinctivement, je me tapotais les joues pour vérifier que leur rebondi était encore là et que l'ensemble ne tombait pas trop, puis je me souvins que la salle n'était pas encore dans la pénombre et me sentis ridicule. Pour me détendre, je commençai à jouer avec ma serviette. Tout à coup, je n'entendis plus aucun déplacement, et quelques secondes après, le fameux signal retentit. En effet, il s'agissait d'une cloche, ou plutôt d'une clochette. Me prenant au jeu, j'enlevai rapidement mon bandeau et ouvrai grand les yeux, ayant oublié l'espace d'un instant que le but de ce repas était de déjeuner dans le noir. Un peu renfrognée, mais en même temps légèrement excitée, j'essayai de deviner si j'étais assise à une table de deux ou plus. N'y parvenant pas, je tâtonnai sans complexe avec les mains jusqu'à ce que l'une d'elles se pose sur l'assiette de quelqu'un d'autre. Je manquai de la faire tomber en enlevant ma main et j'entendis un rire grave et séduisant.

— C'est ça, foutez-vous de moi, bonjour au fait... dis-je mi-figue mi-raisin.

— Bonjour, répondit une voix magnétique. Vous êtes ?

— Je suis une femme, répondis-je un brin provocante.

Après tout, on était ici incognito et je n'avais pas à répondre à cette question.

— Oui, je m'en doutais un peu en entendant votre voix. Comme vous êtes perspicace, vous devez donc avoir compris que je suis un homme.

— Vous, vous avez de l'humour on dirait ! Je crois que ça commence bien. On est sur une table de deux ou est-ce qu'il y a d'autres personnes ici ? lançai-je assez fort pour que surgissent quelques gloussements aux abords de notre couple improbable.

— Non, je crois malheureusement que nous sommes seuls sur cette table, dit-il en tapotant les bords comme j'avais tenté de le faire. Il va falloir que vous me supportiez durant ce repas. Et réciproquement d'ailleurs.

Cet homme ne manquait pas de culot et m'énervait déjà. Cela commençait bien... Je décidai en représailles de ne plus rien dire pour le moment. Après tout, j'étais là pour manger. Je pourrai tout à fait me contenter de cette seule et unique expérience plutôt que de discuter avec un inconnu qui commençait par se foutre de moi et ne se prenait pas pour rien, apparemment. Mais bon, j'avais promis à Miranda d'essayer ce concept, alors je m'y tiendrais. Je ne faisais jamais de promesse en l'air. Je respirai un grand coup et pris mon courage à deux mains. Après tout, j'étais là pour passer un bon moment, et probablement que cet homme aussi. On pouvait peut-être s'arranger pour que ce soit le cas.

— Alors, reprenons du début, je vais faire un effort si vous aussi vous en faites un, ça vous paraît possible ? demandai-je pleine d'espoir.

— Tout à fait, allons-y. Comment vous appelez-vous chère demoiselle ? demanda-t-il en tâtonnant pour me prendre la main comme s'il allait me faire un baise main.

Je me demandais s'il ne se fichait pas encore de moi, mais le contact de sa peau contre la mienne me fit hérisser les poils des jambes, me rappelant qu'il était vraiment urgent que j'aille chez l'esthéticienne. Heureusement qu'on était dans le noir, car je devais commencer à ressembler à un vrai yéti. J'hésitai entre enlever ma main ou la laisser, mais c'était loin d'être désagréable, bien que franchement cocasse.

— Je m'appelle Alysson, et je suis une femme, lui répondis-je en essayant de contenir le rire qui montait en moi.

— Et vous avez apparemment le sens de l'humour, c'est un bon point.

— Parce que vous en doutiez ?

— Non, pas du tout, je ne fais que le remarquer, je suis quelqu'un d'honnête, alors je préfère vous le dire plutôt que de le penser. Dans le noir, on ne peut pas se voir, alors seuls la parole et le toucher peuvent remplacer les émotions affichées en temps ordinaire sur nos visages. Comme je ne vais pas me mettre à vous toucher partout, il va bien falloir que je vous dise ce que je pense.

J'eu un temps d'arrêt. Je ne répondais déjà plus d'aucun de mes muscles, ceux-ci s'étant subitement arrêtés de fonctionner tandis que mon cœur palpitait dangereusement. Il faut dire que le contact charnel avec un homme m'était pour ainsi dire quasiment étranger. Bien sûr, celui qui était en face de moi ne pouvait absolument pas le deviner, et mon côté assuré ne lui donnait certainement pas cette idée de moi. Finalement, le fait d'être dans le noir était peut-être une bonne idée. Si la lumière avait été allumée, il m'aurait vue piquer un phare à l'idée de ses mains sur moi et il aurait tout de suite compris que je n'étais pas très familière avec tout cela.

— Heu, calmez-vous un peu, je ne suis pas du tout du genre à me laisser peloter par le premier venu, répondis-je avec un sourire dans la voix.

— Je ne vous ai pas parlé de cela, répondit-il. J'ai mentionné mes mains sur vous, simplement.

— Et quelle est la différence, je vous prie ? demandai-je, surprise.

— Et bien c'est simple, le pelotage, déjà c'est un mot vulgaire, qui correspond plus à deux adolescents qui ne savent absolument pas ce qu'ils font, alors que mes mains sur vous, cela peut être soit un signe de réconfort, soit une franche amitié, soit pour vous montrer un intérêt plus charnel.

Interloquée, je pris quelques secondes pour réfléchir à ce qu'il venait de me dire. L'ensemble été cadré, construit, précis, presque scientifique. Avais-je face à moi un maniaque du contrôle qui avait besoin de tout planifier et expliquer avant de passer à l'action ? Dans ce cas, on serait deux, ce qui n'était pas bon signe. Cela tendait cependant à expliquer l'électricité qu'il y avait eu entre nous dès le premier échange. Mais deux maniaques du contrôle ensemble, cela ne faisait pas bon ménage.

— OK, Monsieur je sais tout, puisque vous avez l'air si fort, dites-moi un peu ce que vous faites dans la vie.

Je l'imaginais travaillant dans les chiffres, comptable ou contrôleur de gestion au pire, peut-être était-ce même un inspecteur des impôts, qui sait. Si tel était le cas, je ne me sentais pas à l'aise, ayant fâcheusement oublié un petit détail dans ma dernière déclaration. Ce n'était pas volontaire, mais les chiffres et moi, cela faisait quatre et ce depuis bien longtemps. Ce n'était pas un hasard si j'étais éditrice et pas ingénieure. Toute petite déjà, la simple vue des nombres me terrorisait. Je ne comprenais pas pourquoi on s'affairait à compter les années les unes après les autres et à les vénérer en plus à mesure que l'on vieillissait. Dès quatre ans, tout ceci me parut insupportable. Comment pouvait-on être content d'ajouter à son compteur un an de plus, qui nous rapprochait irrémédiablement de la mort ? Certes, on peut se dire qu'à cinq ans, c'est un peu étrange comme raisonnement, mais j'étais précoce. Au sens littéral du terme. Seuls les chiffres me posaient problème à l'école, non pas que je ne comprenais rien, mais toute application numérique me semblait proprement impossible. Cela m'ennuyait, alors je n'y faisais pas attention et remplaçais allégrement un chiffre par un autre. Je n'aimais pas les trois par exemple, et préférais les six ou les neufs, plus ronds et sympathiques. Je n'aimais pas le quatre, trop d'arêtes.

— Vous m'écoutez ? demanda l'homme en face de moi avec une pointe d'amusement.

— Comment savez-vous que j'étais dans mes pensées ?

— J'ai des lunettes pour voir dans le noir, je suis un agent secret.

— Sans blague, mais vous trichez alors ! dis-je spontanément tout en regrettant immédiatement ma phrase.

J'avais toujours tendance à prendre au pied de la lettre ce que l'on me disait, même si je travaillais là-dessus. C'est sûr, il allait soit rigoler, soit se lever et changer de table. Je resterais comme une cloche à manger ma salade insipide toute seule dans le noir. Bien qu'on ne puisse pas me voir, je me ratatinai de honte. Mais le rire ne vint pas et il ne se leva pas de la table. Aucun son ne sortait de sa bouche. C'était sûr, il avait eu une attaque. À moins qu'il ne soit en train de s'étouffer et que je n'ai d'autre solution que de lui faire une manœuvre de Heimlich dans la seconde. C'était une des choses qui me faisait le plus peur. Je ne savais pas si j'étais capable de le faire, ayant pourtant répété la chose de nombreuses fois sur un mannequin et ayant envisagé les différentes possibilités, positions, circonstances, âge des victimes. Non, je n'étais pas une maniaque du contrôle. Du tout.

— Vous allez bien ? Vous êtes encore là ? me risquai-je.

— Oui, je me demandais juste si vous étiez sérieuse ? C'est bien la première fois qu'on me répond cela quand je fais ce genre de blagues. Vous m'avez vraiment cru ?

Dans sa voix, nulle trace de sarcasme, juste un intérêt sincère qui me toucha.

— L'espace d'une seconde, oui, avouai-je avec honnêteté. J'ai tendance à croire ce que l'on me dit, c'est un peu embêtant dans la vie de tous les jours, considérant que la plupart des gens mentent en permanence et portent un masque y compris avec leurs proches.

— C'est vrai que ça ne doit pas être simple, mais je vous rassure, je n'ai pas de lunettes spéciales. Juste des lunettes.

— Ah, au moins je sais quelque chose de vous, comment sont-elles ?

— Les lunettes ?

— Oui, comment sont-elles ? Je vous imagine bien assez classique.

— Eh bien non, elles sont vertes pailletées avec du doré.

— Ah ! m'exclamai-je bruyamment, cette fois-ci je ne vais pas me faire avoir, alors dites-moi, réellement ?

— Cette fois-ci je ne blaguais pas, dit-il d'un ton mi-figue mi-raisin.

Décidément, j'avais le chic pour dire ce qu'il ne fallait pas, quand il ne fallait pas, à qui il ne fallait pas. Ce déjeuner était un vrai désastre. J'avais en face de moi un homme qui semblait cultivé et s'exprimait bien, portait des lunettes vertes et jaunes, et que j'imaginais maintenant comme Elton John en raison de ce détail. Super, c'était tout à fait ce qu'il me fallait.

— C'est très joli le vert et le jaune, répondis-je d'une voix douce et gentille.

— Ça va, je n'ai pas besoin de votre pitié non plus, il faut bien une pointe d'originalité de temps en temps. Et non, je ne suis pas comptable. Mais je vous propose qu'on essaye de deviner ce que l'autre fait.

— D'accord, j'adore les devinettes, alors dites-moi, je ferme les yeux.

Encore une fois, je serrai les lèvres et levai les yeux au ciel. Evidemment que je pouvais fermer les yeux, cela ne changerait pas grand-chose. Il eut la gentillesse et la courtoisie de ne pas relever cette nouvelle gaffe et je lui en fus reconnaissante.

— Commençons par vous, dit-il avec tout de même une pointe d'amusement dans la voix. Alors déjà, je vous vois bien travailler avec d'autres personnes. Vous n'avez pas l'air d'être une solitaire.

— Ah ? Alors là, vous faites fausse route, j'aime particulièrement la solitude et travailler avec des gens m'horripile.

— Vous êtes donc une asociale ? Génial, je me suis assis à la bonne table.

— Non, pas asociale. Solitaire, ce n'est pas pareil.

— Qu'est-ce que vous aimez dans la solitude ? demanda-t-il.

— Je croyais qu'on parlait de nos boulots ? répondis-je du tac au tac.

— Oui, mais ça n'empêche pas de discuter d'autre chose, si ?

— Soit, alors ce que j'aime dans la solitude, c'est avant tout le fait de ne pas être jugée en permanence, de me retrouver face à moi-même et de pouvoir prendre les bonnes décisions. Quand on est seul, on n'est pas influencé, on peut mettre bout à bout toutes les données d'un problème pour arriver à le résoudre. J'aime ces moments de clarté intellectuelle. Ils ne sont pas si fréquents que ça, et par solitude j'entends aussi solitude numérique. Pas d'Internet notamment. Sans quoi on est dérangé par des sujets divers et variés qui font que, à la fin de la journée, on a passé les trois quarts de notre temps à regarder des chats comiques ou des forums parlant de la dernière mode ou de divers problèmes de santé. Autant dire qu'on a perdu notre temps. Je n'arrive pas à lutter contre ça, alors je coupe tout, je m'isole, et je réfléchis.

— Ah, on avance alors. Vous réfléchissez et vous cherchez, c'est votre boulot, c'est ça ?

— Moquez-vous ! Non, je ne suis pas chercheuse si c'est ça que vous pensez. Quoi que cela m'aurait bien plu, mais je n'ai pas eu le courage de pousser jusqu'à la thèse. Dans mon domaine, ça aurait été du temps perdu, il fallait que je travaille parce que...

Je m'interrompis à temps, je n'avais pas du tout envie de lui raconter mes problèmes familiaux, ma mère morte jeune, mon père trop strict, mon amie qui m'avait trahie. Finalement, avais-je d'ailleurs envie de livrer quoi que ce soit de moi à ce parfait inconnu ?

— Je suis désolé, je sens dans votre voix que vous êtes gênée, je ne voulais pas vous mettre mal à l'aise.

— Ne vous en faites pas, j'ai l'habitude, c'est juste que mon histoire familiale est un peu compliquée, mon histoire tout court d'ailleurs. Mais je ne vais pas vous faire peur sinon vous allez fuir immédiatement et vous risqueriez de tomber en trébuchant sur un pied de table dans le noir. Ce serait dommage, je ne vous verrais même pas vous casser la figure.

— Ça va, vous gardez tout de même votre humour, cela me rassure. Reprenons alors, vous n'êtes pas chercheuse, vous avez le sens de l'humour, vous parlez bien, vous n'avez pas trop envie de vous livrer, voyons... je sais ! Vous êtes actrice.

— Ça alors, on ne me l'avait jamais sortie celle-là ! Non, vous n'y êtes pas du tout, je fais un métier beaucoup moins expansif que ça.

— Alors dites-moi, que faites-vous ?

— Je suis éditrice, une petite maison d'édition, on n'est que deux, cela s'appelle La plume et les mots.

— C'est joli, au moins on sait de quoi on parle. Il y a des maisons d'édition avec de tels noms qu'on se demande où ils ont été les chercher.

— Vous lisez beaucoup ?

— Oui, assez souvent, j'imagine que vous aussi. Vous semblez jeune, à votre voix je vous donne une trentaine d'années, c'est ça ? C'est un beau succès d'avoir une maison d'édition à cet âge.

— Trente ? Eh bien non, j'en ai vingt-six. Je vous remercie beaucoup de m'avoir vieillie de quatre ans, pour une femme, c'est toujours très agréable. Bientôt vous allez me dire que j'ai besoin de crème antirides.

— En tout cas vous prenez facilement la mouche. Dites-moi, je me suis toujours demandé, vous savez, c'est comme les gynécologues qui passent leur temps à, enfin vous voyez quoi, eh bien le soir je me demande si avec leur femme… mais vous avec les livres, vous lisez toute la journée, j'imagine des bons et des moins bons, et le soir en rentrant chez vous, comment pouvez-vous faire pour ouvrir un bouquin, vous n'en avez pas assez ?

— Non, au boulot, je lis en fonction de certains critères, je choisis les ouvrages qui correspondent à ma ligne d'édition. Je les lis avec l'œil de l'éditrice, en essayant de repérer ce qui va pouvoir marcher auprès des lecteurs qui apprécient les livres que l'on publie. Tandis que chez moi, je suis je l'avoue assez éclectique. J'aime bien lire tous les styles, mais j'aime beaucoup les romances. Je crois que je suis assez romantique en fait.

— Eh bien, pour quelqu'un qui n'aime pas se livrer, je trouve que vous me racontez beaucoup de choses. Vous ne savez même pas qui je suis encore.

— Non, c'est vrai, mais quelque chose dans votre voix me dit que je peux vous faire confiance. Après, c'est clair que mes aptitudes en la matière sont parfois un peu faibles, dis-je d'une voix monocorde en me rappelant mes expériences passées et mon amitié malencontreuse.

— À votre voix, j'entends que tout n'a pas été forcément très simple dans votre vie. Je ne vais pas jouer au psychologue et vous demander de tout me raconter, je trouverais cela un peu déplacé pour un premier rendez-vous.

— Alors c'est un rendez-vous ? Je croyais que c'était un repas partagé avec un parfait inconnu.

— C'est comme vous le sentez, d'après ce que j'entends, ce n'est en effet pas un rendez-vous à vos yeux.

— Ne vous fâchez pas, c'est juste qu'un rendez-vous, en général, on le choisit. D'ailleurs, avez-vous une idée des critères utilisés pour regrouper telle ou telle personne ?

— Absolument pas, peut-être le hasard ?

— Dites tout de suite que l'on n'a rien à faire ensemble, maugréai-je.

— Je n'ai pas dit ça, vous ne seriez pas un brin susceptible ? ironisa-t-il.

— Si, je le suis un peu, mais j'ai mes raisons encore une fois, même si je n'ai pas vraiment envie de les expliquer maintenant.

— Pour répondre à votre question, j'ai rempli un questionnaire avant de venir, sur leur site Internet.

— Alors c'est vous qui vous êtes inscrit ? demandai-je. Je n'ai pas rempli de fiche de mon côté. Ça doit être mon amie qui l'a fait. Bien sûr, elle ne m'en a rien dit. En fait, c'est comme un club de rencontre ici ?

— Oui, on peut voir ça comme ça, c'est clair que tous ceux qui viennent ici sont célibataires, a priori en tout cas. Car personnellement, j'ai un copain marié qui vient régulièrement. Et oui, je me suis inscrit tout seul comme un grand. J'avoue que la solitude me pèse un peu parfois, je ne suis pas très à l'aise en public, du coup les groupes, les sorties classiques, c'est assez difficile pour moi.

— Peut-être à cause de vos lunettes, pouffai-je en essayant de me retenir un minimum.

— Moquez-vous, moquez-vous. Certes, mes lunettes sont originales, mais qui me dit que vous n'avez pas les cheveux roses et une bague à chaque doigt de pied ?

— Ah, celle-ci on ne me l'a jamais faite, dis-je en me visualisant de la sorte. Après tout, ce ne serait peut-être pas si mal. Sérieusement, votre ami est marié et il vient ici régulièrement ? Vous pensez qu'il y a beaucoup de gens qui font ça ?

— Oh oui, en tout cas, chez les hommes c'est assez courant. Et bien sûr, ils ne le disent pas.

— Et qu'est-ce qui me dit que vous ne faites pas partie de ceux-là ? demandai-je d'un ton sérieux.

— Rien, mis à part le fait que je vous dise le contraire. Mais évidemment, je ne vais pas vous décliner mon état civil. Soit vous me faites confiance, soit non, mais croyez-moi, je ne fais pas partie de ces gens-là. Si j'avais la chance de trouver une femme avec laquelle j'avais envie de faire ma vie, je ne risquerais pas de la tromper.

— Vous êtes donc aussi un romantique ? demandai-je avec intérêt.

— Éternellement, oui, à mon grand regret d'ailleurs. Ce n'est pas si facile à l'époque actuelle d'avoir envie de faire la cour comme il y a deux cents ans. J'aime le côté approche douce, séduction qui dure. Je trouve que tout va trop vite actuellement, tout est banalisé, les corps se fondent si rapidement qu'on n'a même plus le temps d'y penser et de savourer à l'avance ce que va être la communion charnelle avec l'autre.

Je restai la bouche ouverte, et les yeux écarquillés. J'aurais pu dire exactement les mêmes mots que cet homme. Je n'étais donc pas la seule sur terre à avoir un train de retard. Enfin, j'entendais quelqu'un exprimer ce que je ressentais depuis tant d'années. Faisait-il cela pour mieux me séduire ? Ou était-ce vraiment quelqu'un qui avait les mêmes valeurs que moi ? Je commençais à me demander si Miranda n'avait pas visé juste cette fois-ci.

— Qui se charge de choisir les deux personnes qui vont ensemble sur une table ? Vous avez eu accès à des fiches des femmes qui sont là ce midi ?

— Absolument pas. C'est ça que j'aime ici d'ailleurs.

— Donc vous êtes déjà venu plusieurs fois ? repris-je d'une voix moins sympathique.

À la simple pensée qu'il ait pu être avec une autre femme à la même table et dans une situation analogue, mes poings se crispèrent et je commençai à m'agiter sur ma chaise. Peut-être venait-il toutes les semaines, ou tous les midis qui sait ? Une fille différente par jour, à qui il servait sa sauce de romantique éternel et d'amoureux transi. Je m'étais encore faite avoir.

— Oui, deux fois déjà. Mais j'ai l'impression de subir un interrogatoire ! En plus de susceptible, vous m'avez l'air bien jalouse, alors que l'on a pour ainsi dire pour le moment aucune relation. Vous avez du mal à faire confiance, n'est-ce pas ? reprit-il d'une voix inquisitrice.

Je n'aimais pas trop sa façon de me parler, pour qui se prenait-t-il ? Il n'était ni mon psy, ni mon mari, ni même un ami. Il n'était rien qu'un homme choisi au hasard avec lequel je discutais pour le moment, et que je ne reverrais sûrement plus jamais ensuite. Si on pouvait bien sûr appeler ça se voir vu que l'on était dans le noir. J'étais partagée entre l'attirance suscitée chez moi par sa voix grave, et la peur face à quelqu'un qui se montrait très perspicace pour dévoiler mes travers alors qu'il ne me connaissait même pas. Moi qui aimais rester cachée, j'avais en face de moi quelqu'un qui avait, en l'espace de dix minutes, mis à nu quelques pans majeurs de ma personnalité. Je détestais cela. En même temps, j'avoue que cela me surprenait.

— Vous n'êtes pas psy quand même ? demandai-je en réponse à mes pensées.

— J'ai décidé de ne pas vous dire ce que je faisais dans la vie. Je crois que c'est mieux comme cela.

— Gangster ? Croque-mort ? Je peux chercher tous les métiers embarrassants.

— Peut-être ne cherchez-vous pas au bon endroit. La salade est arrivée. dit-il pour changer de sujet. Si nous mangions ?

— Je vous préviens, je ne parle pas en mangeant, je passe mon temps à m'étouffer sinon.

— Cela me va, j'aime sentir précisément le goût de ce que je mange, reprit-il. Au moins sur ce point, nous sommes d'accord.

Nous mangeâmes ainsi notre salade en silence, tandis qu'autour de nous les conversations se déchaînaient. Dans le noir, privée de la vue, mes oreilles recevaient bien plus fort les informations et mes papilles gustatives se délectaient d'un magnifique tourbillon de saveurs dont je n'aurais jamais cru qu'une salade pouvait être responsable. Je mangeais le plus souvent en regardant des vidéos sur Internet, ne prêtant finalement que peu d'attention à ce qui passait dans ma bouche. J'avais pour l'instant l'impression de déguster pour la première fois certains végétaux. Et c'était particulièrement agréable. Me souvenant d'un coup que je n'étais pas seule, j'eue envie de partager cette découverte avec celui qui m'accompagnait aujourd'hui et dont je ne savais même pas le nom.

— Comment vous appelez-vous ? demandai-je.
— Je ne vous le dirai pas non plus.
— C'est injuste, je vous ai raconté des choses sur moi, vous savez comment je m'appelle et où je travaille.
— Je ne vous ai pas forcée. J'ai deviné juste sur certains points et vous avez été assez bavarde pour me dire le reste.
— En fait, vous faites des déjeuners dans le noir pour garder l'anonymat et vous entraîner, c'est ça ? Vous ne comptez pas ensuite revoir la personne en vrai.
— Parce que ce que nous faisons, ce n'est pas vrai ? demanda-t-il avec une réelle interrogation.
— Si, bien sûr, mais vous voyez ce que je veux dire, répondis-je.
— Non, justement, je ne vois pas.

Cet homme était décidément bien mystérieux. En écoutant autour de moi, je me rendis compte que les autres couples formés discutaient à bâtons rompus, que la plupart s'appelaient par leurs prénoms, qu'ils échangeaient à la fois des mondanités de circonstance et parlaient déjà de se revoir à la lumière du jour. J'avais l'impression, comme auparavant dans mon adolescence, d'avoir tiré le mauvais numéro. Cela devait être inscrit. Le reste du repas se déroula sans guère de surprise et dans un semi-silence pesant. Je l'avais clairement blessé et il me le faisait payer.

– 8 –

En revenant dans mon bureau, j'aperçus immédiatement Miranda qui me regardait du coin de l'œil. Je lui fis signe de venir me voir, ce qu'elle s'empressa de faire. Cependant, elle n'en menait pas large et j'avais l'impression qu'elle s'attendait à être réprimandée comme une enfant.

— Alors ? demanda-t-elle d'une toute petite voix.

— Alors quoi ? demandai-je avec un air mutin pour la faire marcher.

— Eh bien tu sais, quoi. Le repas, ça s'est passé comment ? Est-ce que tu as rencontré quelqu'un ?

— Alors oui, pour répondre à tes questions, évidemment que j'ai rencontré quelqu'un puisque j'étais assise en face d'un homme, grâce à toi d'après ce que j'ai compris. Mais j'avoue que ça n'a pas été très concluant. Je suis tombée sur quelqu'un qui n'avait pas vraiment envie de discuter ou de se livrer un tant soit peu.

— Ah bon ? Pourtant, ceux qui viennent là ont en général envie de le faire.

— Certes, mais avec mon bol, je tombe toujours sur les cas ou les asociaux. J'ai l'habitude. En tout cas, la prochaine fois que tu fais ça, si c'est dans les critères, indiques autre chose que quelqu'un qui ne veut pas entrer en communication.

— Il ne t'a pas plu du tout ? J'avais pourtant été très précise sur leur site Internet. Je pensais vraiment que cela pouvait te correspondre. Et puis, le fait de ne pas voir l'autre, c'est plutôt arrangeant pour toi.

— Tu veux dire quoi par-là ? Qu'en me voyant, on fait demi-tour ? C'est sympa dis donc !

— Non, excuse-moi, ce n'est pas ce que je voulais dire, mais tu sais, tu ne prends pas vraiment grand soin de toi ni de ton habillement, et du coup, cela peut peut-être décourager certains, tu ne crois pas ?

— Je pars toujours du principe que si la personne que je rencontre se décourage à la seule vue d'un pull un peu lâche ou du fait que je ne sois pas dans la mode actuelle, c'est qu'il n'en vaut pas la peine. En gros, c'est une façon de trier si tu préfères. Et ça marche.

— C'est clair… mais tu sais Alysson, des fois, il faut aussi savoir donner une bonne impression au départ. Cela ne veut pas dire que tu n'es pas toi-même, cela signifie juste à l'autre que la rencontre a une importance, que tu mets toutes les chances de ton côté pour que la personne que tu vas aborder ait envie d'aller un peu plus loin qu'un simple échange visuel. Pour moi, c'est une forme de respect de l'autre, je ne te demande pas d'aguicher les gens, juste de te composer un minimum pour qu'il ait envie de découvrir la femme merveilleuse que tu es.

— Eh bien, ce n'est pas souvent que tu me parles ainsi, merci vraiment, dis-je d'une voix moins assurée.

Miranda avait touché juste. Peut-être qu'au fond, elle avait raison, je faisais tout pour éloigner les hommes. Peut-être même que je me complaisais dans mon malheur, me convaincant que je n'étais pas digne d'être aimée, et que ceux qui m'entouraient l'étaient encore moins. À ce rythme-là, je resterais seule éternellement, et ce n'était pas ce que je souhaitais. Car au fond de moi, mon cœur battait sans cesse pour un prince charmant imaginaire, que je me construisais sur mesure dans mes rêves les plus fous. Le seul problème, c'est qu'aucun des hommes que j'avais rencontrés en réel n'arrivait à la cheville de celui que je fantasmais. Et ce n'était pas des critères physiques qui étaient le siège de mes pensées les plus folles, mais un ensemble de valeurs et de qualités morales que je recherchais désespérément chez mes semblables. Un temps, j'avais même pensé que j'étais différente, peut-être autiste, peut-être dépressive, peut-être avec des troubles du comportement relationnel, mais plusieurs psychiatres et psychologues m'avaient rassurée. Je n'avais rien qui ne tournait pas rond, si ce n'est que j'étais d'une exigence folle, sûrement en raison de ma peur panique d'être rejetée. Quoi de mieux pour ne pas l'être que de ne jamais rien tenter ?

— Et donc, reprit Miranda, est-ce que tu vas y retourner ?

— Parce qu'il faut que j'y retourne en plus ? Pour quoi faire ?

— Je ne sais pas, est-ce que tu n'as pas envie de le revoir ?

— Je ne sais pas. En tout cas, lui n'a manifesté aucune envie de le faire. Ça me paraît clair.

— Attends, dit Miranda en faisant demi-tour vers son bureau, je vais regarder quelque chose.

— OK, dis-je un peu interloquée.

— Viens voir, me dit-elle en forçant sa voix, je pense que tu t'es trompée. Décidément, les rapports humains ce n'est pas ton truc.

— Si, avec des gens normaux, dans des situations normales, mais là ce n'était pas le cas, me défendis-je.

— Non, ce que je veux dire, c'est que tu n'as pas compris que ce gars s'intéressait à toi, c'est d'ailleurs sûrement le cas de plein d'autres hommes que tu as rencontrés et que tu as déboutés sans même leur laisser une chance. Regarde son message ! me dit-elle en me montrant son écran d'ordinateur.

Je m'avançai et jetai un œil par-dessus de son épaule. Son écran affichait un site de rencontres intitulé « *Les déjeuners dans le noir* », très original d'ailleurs, complètement illisible puisqu'écrit en blanc sur fond noir. Il y avait une messagerie et un profil, que je m'empressai de regarder. Miranda avait mis une photo de moi, plutôt pas mal je dois dire – ce qui était déjà une prouesse en soi – et avait rempli des critères me concernant, somme toute assez élogieux. Elle avait mis par exemple de côté mon aspect solitaire, se concentrant sur mes valeurs et mon goût pour la lecture et la culture. À vrai dire, elle n'avait pas fait ça trop mal et c'était cohérent au vu du profil de l'homme que j'avais rencontré, qui me semblait assez lettré. S'il ne s'était pas moqué de moi et s'était livré un peu plus, il aurait pu m'être un peu moins antipathique. Mais je n'arrivais pas à me sortir de l'esprit que tout de même, Miranda avait fait ça dans mon dos, comme si j'étais une petite fille qui ne savait pas s'occuper d'elle. Cependant, quand je vis qu'une trentaine d'hommes avaient aimé mon profil, cela me rassura un peu. Après tout, je plaisais encore un chouïa, ce qui était tout de même rassurant vu que je n'avais pas dépassé les 30 ans. Je m'étais fixée comme limites 30 ans pour me marier, 35 pour avoir un enfant et 40 pour changer de vie professionnelle. Bon, je sais que cela peut paraître bizarre de tout baliser ainsi, mais on ne se refait pas, j'étais une maniaque du contrôle et cela ne changerait pas de sitôt. Cela me rassurait en fait, mais cela me mettait aussi une pression. Car pour avoir des enfants à 35 ans et me marier avant 30 ans, il fallait tout de même que je passe par la case rencontre. D'autant que la virginité à mon âge n'était pas forcément facile à porter. Ce n'était pas comme un siècle auparavant où les gens prenaient encore le temps de se connaître. Non, maintenant tout allait vite. On rencontrait quelqu'un, le soir même on était dans son lit. Or ce n'était pas du tout pour moi ça. Mais plus les années avançaient, plus je me retrouvais dans une situation inconfortable. À mon âge, toutes mes amies avaient déjà eu des relations sexuelles avec des hommes, aucun ne comprendrait que je ne sois pas encore passée par cette case-là. Je voulais en fait surtout un engagement, une certitude que je ne serais pas juste une de plus sur un tableau de chasse. Même Miranda ne savait pas que je manquais complètement d'expérience en la matière. Et si tel avait été le cas, elle en aurait fait une attaque. Bon, de toutes façons, ce n'était pas le principal problème. Avant toute chose, il fallait que je m'ouvre un peu plus aux autres lors des rencontres. Je me promis intérieurement de le faire la prochaine fois. La prochaine fois ? J'envisageais donc de réitérer l'expérience ? Cela me fit sourire. Après tout, Miranda avait peut-être touché juste cette fois, malgré mes réticences premières.

– 9 –

Le lendemain matin, je me levai de bien moins bonne humeur que la veille. J'avais fait de doux rêves où un inconnu à la voix chaleureuse venait me retrouver dans l'intimité de ma chambre. Mais je brûlais les étapes. D'abord, j'allais lui écrire. Son message m'avait étonnée, après tout, on ne s'était pas forcément quitté autrement que comme deux parfaits inconnus. Et pourtant, il avait pris la peine de m'écrire à peine une heure après notre repas. J'avais encore ses mots gravés dans ma mémoire.

« Chère mystérieuse demoiselle, que je n'ai pas vue mais qui me semble avoir un sacré caractère, ce que j'apprécie chez une femme (je tiens à le préciser). Merci pour ce moment passé ensemble, durant lequel vous avez pu avoir un aperçu de ma timidité maladive, que je tente de camoufler sous un humour parfois un peu paradoxal. Je n'ai jamais rencontré une éditrice, je vous avoue que je suis vraiment curieux d'en connaître plus sur votre métier et sur vous également, si vous en avez envie bien sûr. Seriez-vous partante pour un deuxième déjeuner au même endroit et à la même heure, la semaine prochaine ?
Bien à vous. »

Il était décidément bien mystérieux. J'avais peut-être eu tort de me livrer ainsi assez rapidement, mais je ne savais pas faire autrement. Et il était vrai que l'atmosphère sombre encourageait les confidences. Comme lorsque l'on prenait un pseudo sur la toile, il était plus facile de se dévoiler quand on ne voyait pas l'autre. Et pourtant, cet homme ne m'avait ouvert aucune porte lors de ce déjeuner. Me faisait-il marcher ? Avait-il une femme par jour à qui il donnait ainsi rendez-vous ? J'avais une imagination débordante quand il s'agissait de me dévaloriser et ce rendez-vous me donnait de nombreuses raisons de le faire. Je commençais à me dire que je n'avais pas du tout été à la hauteur. Maladroite, peu sympathique, pas mystérieuse pour un sou. Je ne comprenais pas qu'il ait envie de me revoir, ou plutôt de ne pas me revoir, me dis-je avec un demi-sourire. Après tout, il m'avait donné rendez-vous dans le noir, encore.

– 10 –

En fin de matinée, alors que j'étais penchée sur un manuscrit qui ne m'accrochait pas du tout, un livreur sonna, me faisant sursauter. Si je décrochais de ce roman, je n'allais à coup sûr pas pouvoir y entrer de nouveau au vu du peu de réaction qu'il suscitait chez moi. J'allai devant l'entrée et regardai par la fenêtre et vit un homme d'une vingtaine d'année qui portait un colis, attendant que je vienne lui ouvrir.

— Miranda ! criai-je, tu peux aller ouvrir au livreur ? Si je ne reste pas engluée dans ce fichu livre, je crois que je ne vais pas pouvoir m'y remettre !

Aucune réponse ne se fit entendre et je me levai en maugréant, la cherchant du regard dans notre petit local. Point de Miranda. Je me dirigeai donc vers la porte et attrapai plus que je ne le pris le colis du livreur qui ne demanda pas son reste en voyant ma mine de femme au bord de la crise de nerf. Il devait savoir ce qu'était le syndrome prémenstruel ! Parce que le SPM, le doux petit nom de ce fameux syndrome, n'avait chez moi rien de mignon. En l'espace de quelques heures, je me transformais en une furie incontrôlée avec une rage en moi qui aurait fait pâlir d'envie les hordes d'Attila. Le regard en biais, les joues en feu, les cheveux hirsutes du lever au coucher, la patience rétrogradée à un niveau inférieur à l'entendement, tout cela me ressemblait environ dix jours par mois. Dix jours ! Pas de chance pour ce pauvre petit jeune ! Même avec un an de moins que moi je les catégorisais dans la rubrique « petit jeune, trop pour toi en tout cas » (encore un truc bien pratique pour ne pas trouver quelqu'un). Il n'avait pas demandé son reste et devait, s'il était célibataire, prier pour le rester au vu de la hargne avec laquelle j'avais pris son paquet. A ma décharge, la migraine cataméniale commençait à monter et mis à part rester dans le noir (tiens tiens !), je savais qu'il n'y avait rien d'autre à faire. Mais j'avais du boulot et un livre aussi peu intéressant qu'un picsou sans images m'attendait. Fulminant toujours contre Miranda qui m'avait obligée à me lever, je passais une tête par la fenêtre située derrière le bâtiment. Rien. Mais où était-elle passée ?! Je n'avais pas l'énergie pour courir en tous sens après elle et je revins à mes manuscrits sans grand entrain. Celui que j'étais en train de lire s'intitulait « *Mes dernières volontés* ». Autant vous dire qu'en le lisant, j'avais presque envie d'écrire les miennes. Je me rassis à mon bureau, me massant les tempes. En me levant, j'avais sous-estimé la migraine à venir, qui me prenait souvent, la traitresse, vers onze heures ou midi. Courageusement, j'ouvris le manuscrit et me replongeai dans l'histoire. Au bout de dix minutes, mon portable vibra et je répondis aussitôt, n'arrivant de toute façon plus à lire de façon professionnelle.

— Alysson, il faut que tu viennes voir ça ! dit Miranda avec une voix de petite fille devant des cadeaux de Noël.

— De quoi est-ce que tu parles ? Où es-tu ? râlai-je.

— Devant la porte, viens voir, allez !

De mauvaise grâce, j'obtempérai non sans balayer de la main le manuscrit qui recouvrait mon bureau. Si je m'ennuyais autant à le lire, je n'allais pas imposer cela à d'autres lecteurs.

En ouvrant la porte, je vis Miranda qui me regardait avec des yeux pétillants. Que me réservait-elle ? Méfiante, je jetai un coup d'œil aux alentours, afin de déceler un éventuel canular.

— Miranda, je ne suis pas d'humeur, franchement, dis-moi vite ce qu'il y a pour que je puisse rentrer me remettre au boulot. Je n'ai qu'une envie, c'est d'être sous ma couette, alors s'il te plaît, accouche !

— TA-DAM ! fit-elle en me montrant un paquet par terre. Ou plutôt un gros carton.

Interloquée, je la regardai puis observai le paquet tour à tour.

— Un extracteur de jus pour le bureau ? demandai-je maussade.

— Mais non, c'est pour toi, pour que tu aies un sens à ta vie. C'est bien ce que tu me disais il n'y a pas si longtemps, non ?

Aie. Mon cerveau se figea en panique. Dire à Miranda que je cherchais un sens à ma vie, c'était se condamner à l'essai de thérapies toutes plus loufoques les unes que les autres durant quelques bons mois. J'essayai de me remémorer ce moment fâcheux, mais ne le trouvant pas, j'en déduisis que je devais être bien peu fraiche le jour où je lui avais sorti cela. Tout en me demandant ce que pouvait bien renfermer ce paquet, je reculais d'un pas quand je constatai qu'il commençait à vibrer.

— Mais qu'est-ce que... ? Qu'est-ce que c'est que ce truc Miranda ? Je rêve ou ça bouge à l'intérieur ?

— Non, tu ne rêves pas, allez, ouvre vite ! Je ne sais pas garder un secret, je ne vais pas tenir longtemps, et elle non plus ! Oups !

— Elle ? Tu n'as pas mis une femme contorsionniste là-dedans quand même ?

— Mais non, n'importe quoi !

Je me rapprochai précautionneusement du carton qui commençait à se mouvoir par lui-même et à émettre des bruits bizarres. Elle n'avait pas fait ça quand même ? En ouvrant délicatement le dessus et en regardant à l'intérieur, j'ouvris des yeux éberlués. Si, elle avait fait ça. Je n'en revenais pas. C'était tout de même bien mal me connaître. Une colère noire commença à monter en moi, en raison de mes valeurs mais aussi de ce que ce cadeau impliquait et dont je n'avais absolument pas envie.

— Un chiot ? Mais à quoi tu penses ? Un animal n'est pas un jouet, on ne l'offre pas comme un cadeau, c'est un être vivant ! Bon sang Miranda, à quoi tu penses des fois ? Tu me connais vraiment très mal si tu crois que je vais accepter ça. Tu vas me faire le plaisir de prendre ce petit chien dans tes bras, et pas dans ce fichu carton, et tu vas le rapporter dare-dare là d'où il vient !

Je tournai les talons et partis avant de prendre le temps de regarder la petite bouille implorante que j'avais aperçue. Reste ferme, me répétais-je mentalement. Il ne faut surtout pas craquer, pas sur un truc comme ça.

— Attends ! Laisse-moi t'expliquer, tenta-t-elle avec une voix de fausset qui ne lui allait pas du tout.

— M'expliquer quoi ? lui demandai-je en me retournant furieuse. Que tu penses que ma vie est si triste qu'il me faut un petit chiot pour me sortir de la dépression dans laquelle je risque de m'enfoncer ? Que tu l'as trouvé dans un caniveau et qu'il fallait le sauver ? Déjà que tu te permets de m'inscrire, à mon insu, sur des sites de rencontres, en remplissant mon profil comme si je n'existais pas et n'étais pas capable de le faire. MON profil Miranda ! Je te passe beaucoup de choses, et tu sais que je t'aime bien. Mais parfois j'ai vraiment le sentiment que tu as pitié de moi et que tu cherches toutes les façons de me guérir d'une maladie. Mais je n'ai rien, je suis différente, j'aime ma vie comme elle est, c'est tout ! J'ai un chat et cela me suffit. Il ne m'embête pas, me fait des câlins, ne crie pas, n'a pas besoin de sortir, ne me reproche rien quand je rentre tard du boulot. Je n'ai pas besoin d'un homme, et encore moins d'un chien. Mais qu'est-ce qui t'a pris ? Toi qui es végétarienne et qui dis aimer les animaux plus que tout, tu crois qu'en achetant en animalerie une bête mal élevée et provenant sûrement des pays de l'est, tu rends service à la cause animale ? Bravo ! Bel exemple de cohérence ! J'en ai marre, je rentre bosser et tu devrais vraiment en faire autant. Vraiment, insistai-je avec un regard menaçant.

— Cela ne te va pas de prendre la posture du petit chef avec moi, me répondit-elle avec agacement.

— Ah ? Eh bien regarde ça alors : tu es virée. Cela te va comme posture ? Parce que oui, jusqu'à preuve du contraire, c'est ma boîte et tu es mon employée.

Je tournai les talons sans la regarder. En marchant, alors que je n'étais pas encore entrée dans le local, je commençais déjà à m'en vouloir. Mais la colère bouillonnait en moi. Je ne savais même pas pourquoi, mais ce cadeau empoisonné avait clairement été la goutte d'eau qui avait fait déborder le vase. Je claquai la porte avec fracas sans me retourner, mai j'eus le temps d'apercevoir Miranda dans le reflet de la fenêtre. Elle était restée là, les bras ballants, le colis sur le trottoir avec le petit chiot qui gigotait toujours dedans. La première pensée qui me vint quand je revins à mon bureau fut la suivante : je n'avais pas les codes de l'application de rencontre. Honte à moi de penser à cela alors que je venais de licencier sur un coup de sang mon unique salariée, et surtout probablement ce qui se rapprochait le plus de mon unique amie actuelle. Je me sentis soudain seule, terriblement seule. D'un geste rageur, je mis en pagaille les feuilles qui s'éparpillaient joyeusement sur mon bureau, ce que je regrettai immédiatement. Il allait falloir les reclasser. J'espérais que l'auteur en question avait bien pensé à numéroter ses pages, ce qui était heureusement le cas. J'étais à peine assise quand j'entendis la sonnette de l'entrée. Je me relevai pleine d'espoir, ce qui me surprit et me rassura à la fois. Je me rendais compte que j'avais été odieuse. Miranda ne méritait absolument pas cela et qui plus est, elle était une collaboratrice précieuse au quotidien. Comment avais-je pu penser faire sans elle ? Ce côté soupe au lait me désespérait, mais elle me connaissait, et je lui étais reconnaissante de me pardonner ainsi aussi vite en tentant une explication, même s'il était toujours hors de question que j'adopte cet animal. C'était du moins ce que je pensais, mais en ouvrant la porte, mon optimisme retomba d'un coup. Devant moi, point de Miranda, mais le petit chiot avec un mot accroché à son collier et la laisse nouée autour de la poignée de la porte. En ouvrant, je l'attirai à l'intérieur avant même de comprendre ce qu'il se passait et je regardai effarée le petit corps fauve tout poilu se dandiner avec entrain en remuant la queue de plaisir. J'avais en réalité une peur bleue des chiens, mais je ne l'avais jamais dit à Miranda. Un chien m'avait mordue un jour et cela m'était resté. J'avais une vilaine cicatrice à la main qui me rappelait à quel point ces animaux étaient inconstants. Je n'y croyais pas ! Elle avait filé en laissant un chiot attaché à la porte. Il aurait pu se faire enlever par des gens malveillants, pensai-je en le regardant, attendrie malgré tout par ses grands yeux noirs qui me regardaient pleins d'espoir.

— OK, tu veux un truc à bouffer toi, c'est ça ? lui demandai-je.

Elle ne me répondit évidemment pas, mais sa queue frétilla avec une frénésie redoublée et je courus lui chercher un peu de poulet dans le frigo. Un jappement plaintif m'arrêta dans mon élan et en me retournant, je vis la petite bête tirée en arrière par la porte qui était en train de se refermer toute seule.

— Oh là ma pauvre, m'écriai-je en accourant pour la secourir.

Je retins la porte et la détachai tout en m'en voulant affreusement. Elle aurait pu se faire couper en deux si la porte s'était rabattue d'un coup. Quelle mauvaise maîtresse je faisais déjà...

— Tu l'as échappé belle, je suis désolée, vraiment, tu as l'air toute mignonne, lui dis-je en m'agenouillant.

Ne jamais s'agenouiller devant un chiot qu'on ne compte pas garder. C'est peine perdue après ! Elle me lança un de ces regards de cocker amoureux auquel personne ne peut résister (vous savez, les deux oreilles un peu relevées mais pas trop, les sourcils un peu arqués et une bouille qui ferait fondre la banquise) et je me surpris à lui parler comme à un bébé, ce qui déclencha immédiatement un assaut inconvenant mêlant léchouilles, mordillements rigolos et sauts tout autour de moi. Je ne pus m'empêcher de me prendre au jeu. En l'espace de deux minutes, ce petit animal m'avait rendu complètement gaga.

— Bon, à ce que je vois, on est fait pour s'entendre. Comment est-ce que tu t'appelles ? Moi c'est Alysson. Mais crois-moi, je ne peux pas t'adopter. J'ai à la maison un pensionnaire qui n'apprécierait pas du tout que tu débarques chez nous. Mais vraiment pas du tout. Et quand il n'est pas content, il le fait savoir…

La petite chienne semblait n'en avoir rien à faire. J'avais presque oublié l'altercation avec Miranda, quand je remarquai de nouveau le collier avec le petit bout de papier fixé dessus. Avec délicatesse et surtout persévérance, j'essayai de l'attraper tandis que le chiot, pensant qu'il s'agissait d'un nouveau jeu, essayait de me saisir la main tout en tournant frénétiquement autour de moi.

— Ah ! Ça y est, je l'ai petite coquine !

Je dépliai le bout de papier et lus avec attention le message qui y était inscrit.

« Ce chiot est un futur chien guide pour aveugle. Il a juste besoin d'une maison d'accueil pour 6 mois, le temps de le sociabiliser. »

Un voile noir me passa devant les yeux et je m'assis. Je me sentais pire que tout, je n'avais été qu'une patronne autoritaire et une femme sans aucune ouverture d'esprit. Je regardai de nouveau le chiot qui avait compris mon mal-être et avait cessé de japper. Ce petit bout d'animal serait plus tard une aide précieuse pour un non-voyant et j'avais failli le couper en deux. Fondant en larmes, je la pris dans mes bras et lui fit un baiser sur la tête, auquel elle répondit par un petit coup de langue sur ma joue. L'entente était scellée. Restait maintenant à rattraper le coup avec Miranda. Et cela s'annonçait difficile.

− 11 −

La journée avait passé doucement, rythmée par les frasques de l'animal, ignorant superbement mes cris de stupeur et de désespoir quand, pour la troisième fois, j'avais dû aller chercher une serpillère.

Note à moi-même : la sortir toutes les deux heures, sans faute !

Mais devant ses grands yeux pleins d'amour, je fondais littéralement et ce n'était pas un petit pipi qui allait enlever ça. Ces animaux avaient clairement un pouvoir surnaturel. En l'espace d'à peine quelques minutes, elle avait transformé une célibataire endurcie vivant avec son chat en une amoureuse des chiens qui passait son temps à lancer une boulette de papier à sa nouvelle protégée. Je n'en revenais pas. Miranda me connaissait finalement très bien. Je n'aurais jamais cru que je pourrais m'attacher ainsi à un chiot, par essence dépendant et demandant énormément d'attention. Je me faisais la réflexion que finalement, je ne serais peut-être pas une si mauvaise mère que ça. Mais cela n'était pas d'actualité, vu que de toute façon, j'étais seule et plutôt pas mal comme ça. Là encore, était-ce vraiment ce que je voulais ? Ce petit bout de golden retriever était en train de bouleverser mes habitudes et ma façon de voir la vie. Comment faisait-elle cela ?

N'ayant pas beaucoup travaillé, entre les lancers de boulettes et les nettoyages intempestifs, je décidai de revenir chez moi assez tôt, ce qui était rarissime. Zelda me suivait comme elle le pouvait, s'entortillant dans sa laisse tout en la mordant de façon effrénée, la secouant en sautant en l'air à chaque pas. Je lui avais cherché un nom une bonne partie de l'après-midi et celui-ci était le seul qui m'était venu. Les passants me regardaient avec un mélange d'envie et de bienveillance qui me changeait des regards habituels, pour ainsi dire souvent inexistants. Avec ce chiot au bout du bras, je devenais plus intéressante apparemment, comme les femmes qui attiraient les regards quand elles avaient une poussette avec un poupon dedans. Un homme en costume cravate avec la carrure d'un joueur de rugby me lança une œillade complice qui me fit m'empourprer instantanément en regardant mes chaussures. Il détourna le regard, ne comprenant manifestement pas cette réaction. Le chiot n'était pas tout, il fallait aussi que je me détende un peu. Mais, en faisant monter Zelda dans ma voiture, je pensai tout à coup à Colombo qui m'attendait sûrement déjà pour son sacro-saint câlin du soir. Il allait clairement avoir une attaque ! Je jetais un coup d'œil inquiet à la petite boule de poil qui me regardait en remuant la queue. Elle ne savait pas ce qui l'attendait. J'imaginais en conduisant les pires scénarios. Mais j'avais plus peur pour Zelda que pour Colombo, deux fois plus gros qu'elle.

— Ne t'en fais pas poulette, je ferai rempart de mon corps, lui dis-je tout en m'imaginant, peu rassurée, devant un Colombo tout hérissé.

Pas sûr que je tiendrai alors ma promesse. C'est qu'il avait des arguments bien aiguisés le lascar ! J'en avais fait les frais il y avait quelques temps de cela. Notre cohabitation n'avait pas toujours été au beau fixe, mais depuis qu'il avait bien montré qu'il était le maître des lieux, cela allait beaucoup mieux. Enfin pour lui.

− 12 −

En arrivant chez moi, je sortis Zelda de la voiture, non sans pester après avoir constaté qu'elle avait pris le tissu de la banquette arrière pour un os à mâcher, et m'avançai nerveusement vers la porte d'entrée. Je l'ouvris avec délicatesse, tentant de retenir le chiot qui s'impatientait manifestement, ne comprenant pas que je voulais lui sauver la mise. Ignorant mon avertissement, elle me dépassa d'un coup et entra dans la maison comme un boulet de canon, glissa sur le carrelage, fonça sur une porte de placard en jappant et alla finir sa course au pied du canapé où trônait un Colombo à moitié endormi. L'effet fut immédiat. En l'espace d'une seconde, il doubla de volume, tout hérissé, et sauta littéralement sur place de surprise et de stress, retombant toutes griffes dehors sur l'intrus qui avait osé le déranger dans son royaume. Zelda hurla de terreur et repartit en sens inverse avec le même effet de glissade, alternant entre galop et atterrissages malencontreux dans les plinthes, poursuivie par un Colombo qui avait décidé de montrer qu'il était seul chef en ces lieux. Je suivais tout ceci d'un œil ébahi, ne sachant que faire et ayant je l'avoue peu envie de me mettre devant un chat dopé au cortisol qui avait décidé de faire un méchoui avec son nouveau colocataire. Lâchement, j'attendis donc quelques minutes en me disant que cela se calmerait vite, mais les supplications implorantes de la petite chienne eurent raison de mon atermoiement et je décidai de reprendre les choses en main.

— Colombo, non ! dis-je d'une voix que j'espérai ferme, un balai à la main pour plus de sûreté.

Devant cet objet inhabituel pour lui, celui-ci ralentit sa course et s'arrêta net devant moi. Zelda était tapie derrière mes mollets, se faisant la plus petite possible, la queue entre les jambes.

— Allez, ouste, recule un peu, lançai-je un peu plus sûre de moi au matou qui me regardait avec un mélange de mépris et de surprise. Zelda est toute petite et on va l'héberger quelques temps. Il est hors de question que tu la traumatises comme ça tous les jours. Plus tard, elle aidera des aveugles, alors tu vois, c'est pour la bonne cause, continuai-je pour me convaincre autant que pour l'amadouer.

Colombo feula en crachant tant qu'il le pouvait, puis fit demi-tour, royal et digne, la queue encore triplée de volume par le stress. Je me retournai et pris Zelda dans mes bras. Elle tremblait de tout son être et je me surpris à la bercer doucement.

— Ne t'en fais pas, il t'adoptera aussi, la rassurai-je.

– 13 –

J'avais passé une nuit bien pourrie, alternant réveils intempestifs et cauchemars dans lesquels j'étais soit poursuivie par un chat enragé, soit enfouie sous une tonne de livres qui menaçaient de m'étouffer. Autant dire que cela reflétait bien les problèmes que j'avais dans le quotidien. Étrangement, Miranda avait été absente de mes rêves et je m'en voulais presque. Elle m'était clairement indispensable. La première chose que je fis en me levant fut de vérifier mon téléphone portable, pour voir si elle avait eu mes messages. Mais aucune réponse ne m'était parvenue. Idem pour les mails. J'imaginai tout de suite le pire. Et cela aurait bien sûr été de ma faute. Je lui laissai un autre message un peu paniqué, en espérant qu'elle me réponde rapidement. Au moins pour me rassurer. Ma deuxième préoccupation matinale fut plus terre à terre. En sortant de ma chambre, je sentis tout de suite une odeur dont je n'avais pas l'habitude chez moi. Une odeur ammoniaquée.

— Zelda ? Je suppose que tu as confondu le sol et les toilettes pour chiens… Il va vraiment falloir que je trouve une solution très rapide à ça.

La petite chienne sortit de son grand panier improvisé (une boîte en carton) et courut vers moi avec toute l'innocence dont était capable un chiot venant de faire une bêtise. Je m'étais vaguement renseignée sur Internet la veille, et le fait d'être propre n'allait pas être instantané. Il allait falloir l'éduquer, mais je n'avais que peu de temps. Comment le faire ? J'avais vu qu'il existait des tapis exprès, appelés tapis d'apprentissage. Mais il était hors de question que je la laisse ici toute la journée, ne serait-ce que parce que Colombo risquait de lui faire la peau. Je l'appelai également, mais il ne vint pas et je lui mis tout de même quelques croquettes dans sa gamelle. Il devait être planqué sous un canapé, élaborant un plan machiavélique.

En prenant mon petit déjeuner, je me connectai sur le site des « *déjeuners dans le noir* » et j'essayai de trouver le mot de passe que Miranda avait bien pu choisir. Je n'avais toujours pas répondu à cet inconnu et il allait penser que je n'en avais rien à faire. Ce qui était peut-être le cas finalement, mais dans le doute, comme il me semblait tout de même un petit peu plus sympathique que les divers hommes que j'avais pu rencontrer ces derniers temps, j'avais tout de même envie de le revoir, ne serait-ce qu'une fois. J'essayai sans grande conviction le nom de mon chat, celui de Miranda, le petit nom que j'avais donné à ma voiture, diverses combinaisons de ma date de naissance, mais rien ne marcha. Je risquais en plus de bloquer mon compte. Dépitée, je me décidai à partir au travail et enfilai rapidement un jogging et un vieux manteau. Une fois la porte fermée, alors que je roulais, je m'arrêtai d'un coup. Merde, j'avais oublié Zelda !

Je fis demi-tour et revins à la maison, ouvris la porte et vis ce petit bout de chien qui m'attendait sagement assis juste devant le paillasson, se jetant sur moi et me faisant une fête du tonnerre comme si j'étais partie depuis un mois.

— Je suis désolée, je t'avais oubliée. En plus, je n'ai rien à te donner à manger, dis-je inquiète en regardant l'écuelle de la petite chienne, remplie de croquettes pour chats. Je n'avais eu que ça à lui proposer hier soir. Miranda aurait tout de même pu me fournir un pack complet. Elle n'y avait quasiment pas touché, et je me promis d'aller acheter de quoi la sustenter immédiatement. J'étais vraiment une maîtresse horrible. Quelle idée de me confier un petit animal comme ça… Colombo s'auto suffisait, il sortait quand il voulait grâce à la chatière, dormait 20 heures sur 24, et était plutôt du genre indépendant. C'était pour moi l'animal rêvé.

Zelda sous le bras pour aller plus vite, bien que je lui aie mis sa laisse, je marchais rapidement vers ma voiture puis la déposai sur le siège passager. Je n'avais que peu de trajet à faire, mais je m'arrêtai tout d'abord dans une épicerie pour lui acheter des croquettes. Le gérant essaya de me vendre les plus chères, mais je pris celles qui étaient destinées aux chiots en pleine croissance. Cela me paraissait adapté. En arrivant au travail, et malgré le fait que je savais bien que Miranda ne serait pas là, le vide me fit froid dans le dos. Sa présence fantasque et délurée illuminait mon quotidien, je ne savais pas comment rattraper le coup. On se rend souvent compte que les gens sont indispensables quand ils ne sont plus là. J'étais impardonnable. Heureusement, Zelda compensait un peu cela et entreprit de courir en tous sens, mettant de la joie de vivre en même temps que de la pagaille. Je m'assis à mon bureau, commençai à regarder mes mails, et aperçus le paquet que le livreur m'avait apporté la veille. Je l'avais mis de côté sans l'ouvrir, et je déchirai doucement l'enveloppe. Il s'agissait d'un manuscrit, somme toute quelque chose de bien normal vu mon activité, mais le titre attira mon attention : « *Je te vois* ». Qu'était-ce donc que ce roman ? Je n'avais pas spécialement de thèmes de prédilection dans mes publications, je cherchais surtout l'originalité, une belle écriture, quelque chose qui fasse que le lecteur ait envie de fusionner avec la pensée de l'auteur. Je cherchais de l'émotion, de la véracité, sans tomber dans l'autobiographie pour autant. J'évitais les sujets polémiques ou trop convenus et j'aimais particulièrement qu'une histoire d'amour vienne s'immiscer dans le récit. Le nom de l'auteur n'était pas mentionné. Il y avait juste une adresse électronique plus qu'étrange et cela piqua ma curiosité. Je commençai à lire le début du texte et tout de suite, je fus frappée par la justesse des mots, les tournures précises et pleines de joliesse, le ton, juste et émouvant. Le début de l'histoire pouvait sembler un peu convenu (une jeune femme qui ne savait plus aimer à force de se s'être sentie rejetée), mais l'ensemble donnait envie de découvrir la suite. Enfin un livre que je n'avais pas envie de mettre à la poubelle tout de suite ! Qui était donc cet auteur qui se permettait sans complexe d'envoyer un premier essai anonyme à un éditeur en ces temps de crise ? Car se faire éditer devenait de plus en plus difficile, et même si j'étais connue pour donner leur chance à des écrivains débutants, j'y regardais à deux fois avant de me lancer. Les libraires avaient subi les assauts massifs des promotions des grands distributeurs en ligne. Moins de livres édités s'étaient vendus, au grand dam des grandes maisons, mais aussi des petites, voire des microscopiques comme la mienne. Mais contrairement à d'autres, j'avais survécu, notamment grâce à la diversité de mes collections. L'éclectisme avait payé. J'arrivai rapidement à la fin du premier chapitre et restai arrêtée sur les derniers mots. L'auteur avait présenté avec habileté le personnage principal, une jeune femme assez sûre d'elle, qui enchaînait les boulots avec brio, telle une conquérante, mais dont la vie sentimentale était plus plate qu'une tranche de concombre desséchée. Je tournais nerveusement les pages. A part le mail, rien ne permettait d'identifier l'auteur.

Zelda me tira de mes réflexions en venant sauter sur mes chevilles afin de mordre le bas de mon pantalon. Au bout d'une journée seulement, je savais que cela voulait dire « je veux sortir ». Ou « je veux jouer ». Ou « je veux manger ». Bref, elle voulait que je m'occupe d'elle. Un chiot n'était finalement pas vraiment différent d'un enfant. Mais la résultante de l'incompréhension de la demande « je veux sortir » étant suivie d'une émission d'urine dans les trois minutes, je m'exécutai immédiatement, commençant par tenter la sortie.

– 14 –

Pour la pause du midi, j'allai en bas de la rue, chez un indien qui faisait un poulet korma magnifique et parfumé, plein de noix de cajou et de raisins. Un petit délice ! J'avais Zelda au bout de la laisse et je n'imaginais déjà plus ne pas l'avoir. Il faudrait pourtant m'y faire dans quelques mois. Sa présence n'était que temporaire. Elle irait ensuite rejoindre son nouveau maître pour l'assister dans son quotidien. Avec dévouement et intelligence, ce dont je ne doutais pas en la regardant se promener, le nez au vent et sa petite queue fouettant gaiement l'air au rythme de son trot. En me rasseyant devant mon bureau, j'ouvris ma boîte mail et vit que Miranda m'avait écrit. Cela me fit accélérer le cœur et je lus avec avidité son message.

« Salut, juste pour te dire, la petite chienne a un nom, Cannelle. L'association va te contacter, j'ai donné ton numéro. Tu pourras leur rendre directement.
Bonne continuation,
Miranda ».

Je le relus deux fois, ne sachant pas quoi répondre. Je n'avais pas envie de changer le nom de Zelda, j'y étais déjà habituée et elle aussi, présumais-je. Et surtout, je n'avais vraiment plus envie de la rendre à qui que ce soit ! Les larmes me vinrent en repensant au carton contenant cette boule de poil. Miranda m'avait fait là un beau cadeau. Il fallait que je le lui dise. Je pris mon téléphone et l'appelai immédiatement, mais seule sa messagerie me répondit et je fondis en larmes. Zelda me regardait les oreilles légèrement relevées et vint coller sa truffe sur ma main en gémissant doucement. Je la grattai derrière les oreilles en la réconfortant, ce qui eut un effet apaisant sur mon mental. Ce chiot était une bénédiction. Restait, outre le problème émotionnel, que je ne voyais pas comment m'en sortir toute seule au travail. Une pile de manuscrits attendait d'être lue et Miranda gérait le planning des auteurs, chose dont j'avais horreur. Je n'arrivais pas encore à me décider à passer une annonce pour rechercher une nouvelle collaboratrice, espérant que mon amie referait surface.

− 15 −

Trois jours plus tard, je reçus un message du site de rencontre des *« déjeuners dans le noir »*, que je pus consulter malgré le fait que je n'avais toujours pas trouvé le mot de passe que Miranda avait mis. Celle-ci était restée silencieuse durant tout ce temps, et je désespérais de la revoir un jour.

« Mademoiselle,
Nous avons eu le plaisir de vous recevoir la semaine dernière lors de notre déjeuner dans le noir. Vous êtes inscrite pour une session de quatre rencontres. Vous êtes donc attendue demain, même heure, même lieu.
A bientôt parmi nous,
Toute l'équipe des déjeuners dans le noir. »

Quand même, ils auraient pu trouver un nom plus original !
Pour éviter de stresser, j'allai sur mon compte facebook afin de me détendre un peu. Comme d'habitude, mon fil d'actualité regorgeait de choses insignifiantes, de photos dont je n'avais rien à faire, de chats mignons, de bébés marrants, de tranches de vies inconnues. Je ne postais quasiment rien, mais regardais souvent les photos de mes amis réels. J'allais voir sur le mur de Miranda, mais il n'y avait rien, ce qui m'étonna. Elle était généralement très active. Trop à mon goût d'ailleurs, puisqu'elle postait souvent dans ses horaires de travail. Un message attira cependant mon attention. Il m'avait été envoyé directement et je le lus avec étonnement. Comment était-ce possible ? Après tant d'années ?

« *Bonjour Alysson,*

J'imagine que tu ne te souviens pas de moi, mais le contraire n'est pas vrai. Cependant tu as peut-être un vague souvenir de qui j'étais, et dans ce cas, tu ne dois pas avoir vraiment envie de me reparler. Mais tout cela est bien lointain et j'ai beaucoup changé. À ce que je vois, tu as bien réussi et je t'en félicite. Ça n'a pas été mon cas, tu ne dois pas être étonnée. Je ne brillais pas par mon intelligence à l'époque. J'ai fait pas mal de petits boulots, et je tente maintenant ma chance dans un domaine qui m'était auparavant complètement étranger. Je suis vraiment désolé de ce qui s'est passé suite à notre rupture. Tu ne méritais pas d'être ainsi moquée tous les jours. J'aurais dû intervenir, c'était en partie de ma faute, mais j'étais lâche à l'époque. Si tu n'as pas encore supprimé ce mail, c'est qu'il te reste un minimum d'amitié pour moi, et je t'en remercie infiniment. Réponds-moi s'il te plaît.

Bien à toi,

Sam. »

Sam ? Mais qu'est-ce qu'il faisait là cette andouille ? Et puis qu'est-ce qu'il me voulait surtout ? De deux choses l'une, soit il était en train de mourir et voulait être en paix avec son âme, soit il était encore plus demeuré qu'avant. J'espérais tout de même pour lui que ce fut la deuxième option. En tout cas, il n'était clairement pas gonflé de revenir ainsi vers moi sur un réseau social dix ans après m'avoir bien fait comprendre que j'étais une gourde infréquentable. Je commençai à rédiger une réponse rageuse, laissant mes doigts courir sur le clavier et exprimer tout le ressentiment que j'avais gardé enfoui en moi durant ces années.

« Très cher Sam,

Je me demande comment c'est possible d'être aussi idiot et insensible pour me contacter ainsi. Idiot car tu imagines bien que si depuis toutes ces années j'avais eu envie ne serait-ce que l'espace d'un instant de ne pas voir ta tête écrasée sous mon talon, je t'aurais peut-être recontacté. Mais voilà, ce n'est pas le cas et tu peux toujours te brosser pour que je daigne t'accorder autre chose que mon plus profond mépris.
Bien à toi,
Miranda. »

Voilà, cela résumait parfaitement ce que j'avais en tête le concernant. Affaire réglée. Cela devrait le décourager. Alors, reprenons avec mon inconnu dans le noir. Celui-là était aussi assez agaçant, mais tout de même plus fréquentable que Sam. Je caressai Zelda pour me détendre puis repris mon clavier l'esprit un peu plus léger.

« Cher inconnu dans le noir, car vous n'avez pas voulu me dire votre prénom. C'est pourtant tout de même un peu long à écrire comme ça, vous ne trouvez pas ? J'ai bien reçu votre mail et j'ai l'honneur de vous annoncer que je vous ferai l'immense plaisir de vous accorder mon attention lors du prochain déjeuner, demain. Vous allez peut-être penser que tout cela est bien protocolaire, mais vous ne m'avez donné aucun moyen d'accéder à une quelconque forme de proximité lors de notre échange. »

Satisfaite, je décidai de prendre un break pour aller sortir Zelda.

− 16 −

J'ouvris la porte avec fracas, entrant en trombe dans le petit appartement qui abritait ma maison d'édition. Du dehors, j'avais entendu mon téléphone sonner. Comme une idiote, je l'avais oublié sur mon bureau. Et cette sonnerie était celle qui indiquait un appel de Miranda. Je ne voulais surtout pas le rater. J'étais prête à me confondre en excuses, même à ramper s'il le fallait. Elle devait revenir. Sans elle, je ne m'en sortais pas. Je me rendais compte qu'elle gérait tous ces petits détails insignifiants qui, mis bout à bout, faisaient que l'on avait une vie équilibrée ou que tout ressemblait à un désordre total. Et surtout, elle m'était nécessaire dans mon travail. Sans son regard acerbe, ses critiques franches et osées, jamais je n'aurais publié certains auteurs.

J'arrivais juste à temps pour décrocher le combiné. Je faisais partie de ces irréductibles qui avaient encore chez eux un téléphone fixe.

— Allô ?

— Oui, salut Alysson, dit à l'autre bout du fil la voix de Miranda que je sentis assez tendue.

— Miranda, ça me fait tellement plaisir que tu m'appelles. Je suis vraiment, mais vraiment désolée pour tout ce que je t'ai dit, si tu savais comme tu me manques.

— À ce point-là ?

— Et plus encore même. Je suis une vraie idiote, je n'aurais jamais dû réagir comme ça. Tu sais, cette petite chienne, j'ai vraiment cru un instant que tu me l'avais offerte pour de mauvaises raisons. Et finalement, c'est une des meilleures choses qui me soit arrivée. Je t'avoue que le fait de devoir la rendre plus tard, même si c'est pour la bonne cause, me tracasse déjà beaucoup. Elle est tellement adorable.

— Alors là, tu m'en bouches un coin. Je n'aurais jamais cru que tu t'y attacherais autant et si rapidement. Tu ne l'as pas rendue alors ?

— Non, elle est à côté de moi, peut-être qu'elle reconnaît ta voix, car elle remue la queue. C'est un vrai boute-en-train tu sais. Je l'ai appelée Zelda. Je trouve que ça lui va mieux que Cannelle, car c'est un petit Zébulon en puissance.

— À ce que j'entends, tu ne t'es pas ennuyée...

— Si, de toi, ça c'est sûr. Écoute, si je le pouvais, je m'enfoncerais à six pieds sous terre pour te prouver que j'ai eu tort. Ici, sans toi, c'est triste comme la mort, et les manuscrits n'avancent pas. Mes rendez-vous s'accumulent et je ne vais pas pouvoir tout gérer. Je n'ai absolument pas envie de te trouver un remplaçant, car tu es irremplaçable, dis-je d'une voix anxieuse.

La réponse ne vint pas tout de suite, et durant quelques secondes, j'eus vraiment peur que Miranda ne raccroche. Mais ce ne fut pas le cas, mon message était passé et l'avait apparemment touchée.

— OK, tu m'as convaincue. Bon, de toute façon, quand je t'ai appelée, tu te doutais bien que c'était pour te dire que je voulais revenir. Tout ça, ce n'est pas si important. Ce sont des broutilles. On travaille bien ensemble, tu es mon amie. Je comprends que tu l'aies mal pris. Je n'arrête pas de te pousser à vouloir rencontrer des gens, à créer une famille, alors que moi-même je ne suis même pas foutue de le faire.

— Tu es quand même un peu plus douée que moi, la rassurai-je. Au moins, tu as des petits amis de temps en temps. Comment va Marc d'ailleurs ?

— Eh bien justement, je ne sais pas. Je pense que la fille avec qui il est en ce moment pourrait mieux te répondre que moi.

— Oh Miranda, je suis désolée pour toi.

— Ah non, ne t'en fais pas, c'était apparemment comme ça que ça devait finir. Il me trompait via un site de rencontre. Autant te dire que je suis finalement contente qu'il m'ait larguée comme ça du jour au lendemain. Cela aurait pu durer des années.

Son histoire malencontreuse fit écho dans ma tête avec la réflexion que je m'étais faite concernant le mystérieux inconnu que j'avais rencontré lors du déjeuner dans le noir. Lui aussi venait souvent à ces rencontres, alors, peut-être avait-il une maîtresse par jour, une femme et des enfants... Il m'avait raconté qu'il était à la recherche du grand amour, mais n'importe qui pouvait baratiner dans ce genre de situation, d'autant plus que justement, on ne se voyait pas. On ne pouvait pas analyser visuellement les expressions de l'autre, ses gestes, tout ce qui pouvait traduire la maladresse des émotions.

— Je suis contente que tu le prennes comme ça, mais ce n'est quand même vraiment pas chouette, ce qu'il t'a fait.

— N'en parlons plus, j'ai besoin de me détendre et surtout de penser à autre chose. Être à la maison, ça ne me correspond pas du tout. Si, bien sûr, tu veux toujours de moi... Parce que tu m'as tout de même foutue à la porte !

— Tu rigoles ou quoi ? Bien sûr que je veux de toi, tu peux revenir tout de suite ! Zelda sera trop contente de te voir en plus.

— Je ne suis pas sûre, c'est quand même moi qui l'ai mise dans un carton.

Nous éclatâmes de rire, et cela me fit plus de bien que n'importe quelle petite douceur sucrée que j'aurais pu prendre pour me réconforter. Il n'y avait pas à dire, l'amitié, c'était vraiment la meilleure des choses. C'était tellement facile de se rabibocher quand la personne avec qui on était amie était quelqu'un de bien comme Miranda.

— D'accord, je me prépare rapidement et j'arrive, tu peux me mettre quelques manuscrits sur la table, ça m'occupera l'esprit, répondit-t-elle avec entrain.

— Super, je t'attends.

Je raccrochai et vérifiai mes mails. L'inconnu dans le noir m'avait répondu. Je lus son message avec attention.

« Très chère,

J'aime beaucoup le ton de votre mail, cela rappelle un peu les lettres échangées à l'époque romantique. On sent que vous êtes une lectrice passionnée, en tout cas vous écrivez très bien. Je ne vous ai pas dit mon nom en effet, peut-être un jour... Peut-être un soir même ?

À très bientôt. »

Je n'en revenais pas, il me faisait clairement des avances ou quoi ? Je ne me voyais pas vraiment attendre de passer une nuit avec lui pour connaître son prénom. Pour qui me prenait-t-il ?

– 17 –

Quand une heure plus tard, Miranda débarqua dans le bureau, Zelda vint immédiatement lui faire une fête d'enfer. J'entendis le rire de mon amie qui parlait affectueusement à la petite chienne, laquelle avait été bien plus rapide que moi à se jeter sur elle. Je n'étais pas tout à fait à l'aise, je m'en voulais encore, mais j'étais trop contente pour ne pas le montrer.

— Ça me fait vraiment plaisir de te voir, lui dis-je avec un grand sourire.

— Moi aussi, c'était vraiment n'importe quoi tout ça. Ah ! On dirait que ça fait trop d'émotions pour elle aussi, dit-elle en pouffant à moitié de rire, tandis que je regardai avec effroi le parquet de l'entrée se couvrir doucement de l'urine de Zelda.

Celle-ci me fit son regard de chien battu, les oreilles légèrement relevées, les yeux en accents circonflexes. Cela voulait dire : ce n'est pas de ma faute, désolée.

— Ouais, je commence à avoir l'habitude. Mais bon, ça devrait vite passer. Pourtant, on vient juste de revenir de la balade. Je vais nettoyer ça tout de suite.

— OK, et après, au boulot, j'imagine que sans moi, tu as dû prendre du retard, ne pas respecter tes engagements et rester à regarder le plafond plutôt que de lire des manuscrits. J'ai tort ?

— Pour les manuscrits oui, pour le reste, pas vraiment en effet, répondis-je penaude.

— Et au fait, l'inconnu dans le noir, tu le revois quand ? demanda-t-elle malicieuse.

— Demain. Je ne savais pas que tu m'avais inscrite pour quatre sessions. Merci en tout cas, ça pimente un peu mon quotidien. Et il faut que je te raconte, tu ne sais pas qui m'a écrit aujourd'hui ? Je n'en revenais pas !

— Non, dis-moi, qui ?

— Sam.

— Sam ? L'espèce de mufle qui t'a plantée parce que tu ne voulais pas coucher avec lui quand tu étais jeune et qui s'était tapé ta meilleure amie ?

— Oui, c'est bien lui, acquiesçai-je.

— Pourquoi est-ce qu'il t'écrit ?

— Eh bien je ne sais pas, peut-être qu'il veut se racheter, peut-être qu'il a besoin de moi pour quelque chose ou peut-être qu'il est juste complètement fou. Je pense que la dernière possibilité est la plus probable.

— Oui, sûrement. Comment est-ce qu'il t'a contactée ? Par mail ? Si c'est un barjo, il faut faire attention.

— Non, je ne crois pas qu'il y ait un quelconque danger. Il m'a écrit via facebook, mon nom est en clair. Mais je ne sais pas ce qui lui a pris, après toutes ces années. Il m'a écrit un long mail, tu veux regarder ?

— Oui, montre, me répondit Miranda en s'avançant vers mon bureau.

Elle lut le mail avec intérêt, s'esclaffant de temps en temps, pour finalement conclure : « quel crétin ! ». J'acquiesçai avec un sourire, et retournai dans l'entrée pour lui montrer les derniers manuscrits qui étaient arrivés. Il y en avait trois. Je lui montrai celui que j'avais reçu le jour où elle était partie.

— Regarde celui-là, je l'ai commencé, je le trouve vraiment sympa. C'est bien écrit, prenant, un peu bizarre aussi, mais j'avoue que j'aime bien.

— « *Je te vois* ». Drôle de titre, on dirait un thriller, répondit Miranda. Ça parle de quoi ?

— Ça parle d'une femme qui ne se rend pas compte qu'elle est en train de gâcher sa vie, qui a toujours fait de mauvais choix parce qu'elle n'était pas sûre d'elle et qu'elle ne croyait pas en elle.

— Tu connais l'auteur ? demanda Miranda

— Non, il a juste laissé un mail. En tout cas, soit c'est un blagueur, soit c'est quelqu'un qui ne se prend pas franchement au sérieux. Quel écrivain enverrait un manuscrit à un éditeur avec juste un mail, et celui-là en plus ? Scribouillard sur Gmail. C'est quand même assez incroyable, tu ne trouves pas ? Pas un téléphone, pas un nom, rien. Et le pire, c'est que c'est franchement bon. Pour une fois que l'on reçoit quelque chose de correct, c'est quelqu'un qui ne met pas ses coordonnées réelles, ni même un quelconque mot d'accompagnement. Quand je pense aux trucs pourris que l'on doit se farcir, avec des lettres dithyrambiques de gens qui se prennent déjà pour la future Amélie Nothomb, ça me fait vraiment bizarre.

— Oui, en effet, en tout cas c'est déjà pas mal que tu aimes ce manuscrit. Ça faisait un petit bout de temps qu'on n'avait pas déniché de perle, tu ne crois pas ? Tu me le donneras à lire après. Je te dirai ce que j'en pense. En tout cas, je trouve que l'histoire…

— Me ressemble ? demandai-je en baissant les yeux.

— Oui, peut-être, mais je ne connais pas l'intrigue, c'est juste comme ça. Une petite ressemblance.

La journée se passa merveilleusement bien suite au retour de Miranda. Elle alla elle-même promener Zelda, tandis que j'étais plongée jusqu'au cou dans le travail. Quand le jour toucha à sa fin, je revins chez moi avec la petite chienne qui avait élu ses quartiers sur le siège avant de ma voiture, avant de retrouver mon grognon de chat qui avait sûrement eu un espoir que tout cela ne soit qu'un mauvais rêve. Ainsi excitée par le fait de re voir mon inconnu le lendemain, je me préparai un plateau repas que je dévorai en regardant une série sur mon ordinateur. Cela m'occupa assez moyennement l'esprit et je finis par éteindre ce contenu insipide qui ne changeait finalement pas grand-chose à mes ruminations. En fermant les yeux, j'imaginai avec plaisir l'inconnu arriver avec un bouquet de fleurs. Mais la différence avec la réalité était que je pouvais le voir. Le bouquet de fleurs était blanc, je pouvais le toucher, voir les mains de celui qui me l'offrait, son regard amusé essayant de deviner les émotions qui parcouraient mon cœur. Dans le noir, tout cela était impossible, était-ce une bonne idée ? Et surtout pourquoi le faire ? Il y avait tellement de lieux de rencontres possibles, pourquoi aller vers celui-ci, dans ce contexte ? Et quelles étaient ses propres motivations ? Il avait une voix charmeuse, semblait intelligent, probablement dans la force de l'âge, cultivé. Pourquoi avait-il besoin de se cacher ainsi ? Qu'est-ce que cela dissimulait ? Tant de questions qui m'assaillaient et auxquelles je n'avais pas de réponse. En même temps, il avait peut-être les mêmes interrogations me concernant. En réalité, j'avais déjà essayé plusieurs endroits de rencontre, et c'était bien la première fois que je tombais sur quelqu'un que j'avais envie de revoir. Le mieux était peut-être d'arrêter de me poser des questions et de dormir, sans quoi j'aurais vraiment une tête de déterrée le lendemain. À cette pensée, je souris intérieurement, car à vrai dire, je m'en fichais un peu. De toute façon, il ne me verrait pas. C'était quand même un sacré avantage !

– 18 –

Le lendemain matin, je me réveillai comme prévu très peu fraîche et dispose, un début de migraine me fracassant les tempes, les cheveux en bataille, les yeux légèrement bouffis et un bouton de fièvre perçant sur la lèvre. Le cocktail parfait pour faire une rencontre. Je maugréai en essayant de rattraper l'ensemble, sans grand succès, puis baissai rapidement les bras. De toute façon je ne pouvais rien faire, aujourd'hui ce n'était pas mon jour. J'attrapai Zelda sous le bras, pris ma tasse de café bien fort et mon médicament anti migraine, et partis vers le bureau. J'aurais pu travailler de chez moi, mais je savais que si je le faisais, cela allait irrémédiablement se finir sous la couette, les yeux fermés, en train de maudire l'univers pour ce qu'il m'infligeait quand j'avais ainsi mal au crâne. Autant aller au boulot. En arrivant, Miranda était déjà là et une petite bouffée de bonheur m'envahit. Ces quelques jours sans elle m'avaient semblé interminables et surtout insupportables. J'allai m'asseoir à mon bureau sans la déranger, car elle était au téléphone. Elle me fit un signe de tête en me souriant affectueusement. Elle était quand même extraordinaire, ne m'en voulant pas pour ce que je lui avais dit. Si seulement je pouvais rencontrer son double masculin ! Je lui sauterais alors dessus immédiatement. Sans toutefois les côtés végan et étrange qui la caractérisaient, ce serait mieux. Bon, en fait, ce ne serait donc pas tout à fait son double, d'accord… Je regardai rapidement mes mails, mais rien d'intéressant ne s'y trouvait. J'allai ensuite musarder un peu sur facebook, sachant pourtant très bien que ce réseau social était un vrai piège pour la concentration. Cependant, celle-ci étant proche de zéro pour moi aujourd'hui, je ne risquais pas grand-chose à la diminuer encore un peu. À ma grande surprise, j'avais de nouveau un message de Sam.

« Salut Alysson,

J'ai bien reçu ton message et j'avoue qu'il m'a légèrement surpris. Apparemment, tu as pris du poil de la bête. Ça me plaît. C'est ce petit quelque chose qui me manquait quand nous étions ensemble. Tu dois sûrement me trouver un peu maladroit, assez insistant aussi probablement, mais j'ai vraiment envie de te revoir. Quelque chose a changé dans ma vie, j'ai besoin de faire la paix avec le passé, y compris avec toi. Je comprends tout à fait que tu m'en veuilles, et ton dernier mail a été on ne peut plus clair. Mais je ne peux pas m'en contenter, je t'assure. Il faut vraiment que l'on se revoie et que l'on discute. C'est très important pour moi. On a tout de même eu une histoire ensemble. Même si ce n'était pas grand-chose à tes yeux, cela a compté pour moi. Et cela compte toujours... Je sais que j'ai été idiot, mais ça fait longtemps. J'ai grandi depuis. Et toi aussi. Est-ce qu'on ne pourrait pas se revoir comme des adultes, autour d'un café, juste comme ça, pour discuter ? Excuse-moi d'insister, mais si je le fais, c'est, comme je te l'ai dit, parce que c'est fondamental pour moi. Je ne peux pas te dire pourquoi maintenant, tu le comprendras quand tu me verras. Qu'en dis-tu ? J'espère vraiment ne pas recevoir de mail assassin en retour, comme celui que tu m'as envoyé auparavant. Soit dit en passant, il est d'ailleurs remarquablement bien écrit, tu as bien choisi ta voie. Éditrice. Je ne t'aurais pas forcément vu là-dedans, mais à te lire, cela me parait maintenant une évidence. C'est vrai que tu aimais lire, aussi. C'est vraiment bien que tu aies trouvé ainsi quelque chose qui te tenait à cœur. C'est aussi ce qui m'a manqué jusqu'alors. Je ne vais pas être trop long, j'ai déjà pris beaucoup trop de ton temps et je m'en excuse en-

core, une courte réponse me suffira, surtout si elle commence par autre chose qu'une insulte. Réponds-moi s'il te plaît.
A bientôt j'espère,
Sam. »

Je relus son message plusieurs fois, alternant entre inquiétude et curiosité. Bizarrement, la colère était absente en moi. Pourtant, j'aurais pu me demander pour qui il se prenait pour m'importuner ainsi. Après ce qu'il m'avait fait ! Mais à relire son mail, je ressentais une certaine pitié. Que lui était-il arrivé pour qu'il soit passé du garçon si sûr de lui à cet homme qui me suppliait d'accepter de le revoir ? Quelle blessure cachait-t-il ? J'appelai Miranda à la rescousse et elle vint d'un pas décidé, le regard interrogateur.

— Tu m'as appelée ? Une urgence ? Un conseil ? Je suis là, me dit-elle en souriant largement.

— En fait, je suis assez embêtée, est-ce que je peux te faire lire un message que j'ai reçu ? répondis-je d'un ton sérieux.

— Tu me fais un peu peur là, qu'est-ce qu'il se passe ? Tu fais une tête d'enterrement ! Personne n'est mort quand même ? demanda-t-elle inquiète.

— Non, pas du tout. Tu sais, je t'avais dit que Sam m'avait contactée ? Eh bien il a recommencé.

— Encore ? Malgré le message que tu lui as envoyé ? Il a du culot quand même. Et surtout aucun amour-propre. Allez, fais-moi voir ça.

— Regarde, c'est ici, lui dis-je en lui montrant ma messagerie facebook.

— Et en plus il n'est même pas foutu de t'écrire par mail. Utiliser un réseau social pour ça, c'est vraiment moyen. Ouh là, il t'a écrit des tartines en plus !

Miranda parcourut le texte de haut en bas, puis reprit la lecture comme je l'avais fait. Elle se gratta un peu la tête, l'air perplexe. Une fois qu'elle eut terminé, elle s'assit à côté de moi et me regarda, le menton posé sur la main.

— Eh bien, on dirait que tu as tiré le gros lot. Il me paraît complètement dingue celui-là. Moi ça me fait presque flipper. Il sait où tu habites ? Tu as mis tes coordonnées sur ton compte facebook ?

— Non, il n'y a ni mon numéro de téléphone, ni mon adresse. Par contre, avec mon nom, c'est très facile de voir où je travaille, puisque j'ai une boîte. Je dois pouvoir être jointe par les auteurs et les libraires.

— Oui, évidemment. Je trouve que ce n'est pas très rassurant. Il a l'air un peu obsédé par toi, qu'est-ce qui lui prend au bout de dix ans de revenir comme ça quémander ton pardon ?

— Je ne sais pas, dans son message, on dirait... En fait, j'ai comme l'impression que c'est un appel au secours de quelqu'un qui va mourir et qui veut régler ses comptes avec son passé, dis-je dans un souffle. Tu penses que c'est possible ?

— Cela peut faire penser à ça, mais il est jeune quand même, pour avoir une maladie incurable ? Et puis il l'aurait peut-être dit, non ? Je persiste, je trouve ça flippant. À ta place, je ne répondrais même pas. Essaie plutôt de te préparer pour revoir ton bel inconnu, ce sera plus constructif.

— Comment sais-tu qu'il est beau ? lui demandai-je suspicieuse.

— J'ai vu ses photos avant de t'inscrire, me répondit-elle.

— Non ? Tu blagues j'espère ! Tu as vu à quoi il ressemblait et pas moi ?

— Mais non, pas du tout, je te fais marcher ! Je ne sais absolument pas à quoi il ressemble, je te l'ai déjà dit. J'ai juste rempli un questionnaire mais ce n'est pas moi qui ai choisi avec qui tu allais déjeuner. Allez, c'est dans moins d'une heure, essaie d'oublier ce taré et concentre-toi sur... comment peut-on l'appeler ? Y ? Ça te va comme nom ?

— Non, ça me fait penser à Ysengrin, rien à voir donc avec le prince charmant ! Je crois que je vais l'appeler John, répondis-je.

— John ? Pas très original. Et puis ça fait franchement cow-boy. À ce que je sache, il n'est pas venu avec son cheval, dit-elle en éclatant de rire.

— Je m'en fous, je vais l'appeler John. Ça le motivera peut-être à me donner son vrai nom.

— Tu es incroyable quand même, me répondit Miranda en gloussant.

— Je sais, c'est ce qui fait mon petit charme hors du commun. Tu as raison, je vais mettre ça de côté pour Sam et me préparer pour tout à l'heure. C'est plus important.

Malgré ma réponse, je ne pouvais m'empêcher de tourner et retourner le message de Sam dans ma tête. Que voulait-t-il ? Après tout, c'était quand même quelqu'un en qui j'avais cru, et dont j'étais tombée follement amoureuse, même si à posteriori, je m'étais évidemment trompée. Le souci était surtout que c'était la seule personne dont j'étais jamais tombée amoureuse. Et cela me pesait. Car finalement, en raison de sa trahison, de sa réaction aussi et de celle d'Amanda, je m'étais enfermée dans une carapace dont personne n'arrivait à me déloger. Or pour aimer, il fallait savoir s'ouvrir aux autres. Je n'en étais plus capable. Et si cette occasion qui m'était offerte était celle que j'attendais depuis toutes ces années ? Et si, en lui pardonnant, je me pardonnais aussi ? Peut-être était-ce cela qu'il me fallait ? Peut-être avais-je besoin de ça pour tourner la page ? Était-il dans mon cas ? S'en voulait-t-il depuis toutes ces années ? Cela me semblait peu probable, mais il fallait quand même explorer la chose. En dépit de ce que me disait Miranda, je penchais donc plutôt pour une réponse plus aimable que celle que je lui avais faite auparavant. En attendant, il fallait que je retrouve un semblant de dynamisme avant de rencontrer mon inconnu. John donc. En pensant à ce nom, je fus prise d'un début de fou rire. Allait-il mal le prendre ? Il me restait à peine une demi-heure avant de partir. Cette fois-ci, je n'avais pas du tout envie d'être en retard. En arrivant avec le gros des troupes, je pourrais peut-être essayer d'apercevoir quelqu'un qui me ferait penser à John. Je ne savais pas comment s'organisait l'entrée des gens dans la salle, mais si tout le monde commençait à parler, forcément, on saurait reconnaître les voix ensuite. Or, ce ne devait pas être le cas. Je trouvais cela assez étrange finalement, que l'on soit maintenant obligés de passer par un quasi anonymat pour pouvoir rencontrer des gens. Finalement, à force de se dévoiler un peu partout, de se montrer dans la rue, sur les réseaux sociaux, d'exposer aux autres le meilleur de nous-mêmes, on en venait à ne plus supporter nos propres défauts, ni ceux des autres d'ailleurs. C'était la mort assurée dans les couples. Car pour durer, il fallait surtout être dans la réalité. La réalité des relations, de l'humain, avec ses qualités mais aussi ses défauts. Or la société ne supportait plus cela. Il fallait être jeune, beau, en bonne santé, toujours content, toujours dynamique, jamais fatigué. Ce n'était évidemment pas le cas de 99,9 % de la population, les autres étant des surhommes. Mais c'était comme ça que cela marchait et tout le monde en passait par là. Les rencontres étaient ainsi biaisées, puisque personne ne se montrait sous son vrai jour. Le faire était synonyme d'échec immédiat. Puisqu'il y avait sans cesse un étalage de personnes emplies de toutes les qualités, comment choisir celle qui aurait avoué ses défauts ? C'était pourtant ce que je recherchais. Quelqu'un de vrai, avec qui j'oserais montrer les parties les plus sombres de moi. Celles dont j'avais honte, mais que j'avais besoin qu'on valorise également. Je n'étais pas parfaite, certes, mais j'essayais de m'améliorer. Pour cela, il fallait surtout s'accepter. Qu'un autre m'accepte, aussi. Peut-être que ces rencontres dans le noir étaient aussi une façon de dissimuler au moins en partie ces choses que l'on ne voulait pas montrer. Déjà, le physique n'importait plus. Il suffisait de voir dans la rue ceux et celles qui passaient leur temps à se prendre en photo, des selfies toujours plus travaillés, la bouche en cœur, comme si tout était prétexte à s'amuser, à être heureux. Mais ce n'était pas vraiment le cas. Il y a cent ans de cela, les photographies montraient des gens sérieux, c'était quelque chose d'important, où il fallait apparaître sous son meilleur jour. Et à l'époque, le meilleur jour n'était pas celui où on était en train de sauter en l'air les bras en croix. Le meilleur jour, c'était celui où l'on paraissait concentré, sérieux, dans son habit de travail ou du dimanche. C'était ça qui était important. La solennité. Actuellement, dans notre société de loisirs et d'immédiateté, l'important était le plaisir, le désir. Mais on ne cherchait pas le bonheur, ou du moins on ne le trouvait pas, puisque, dans l'instantané qui caractérisait les émotions que l'on cherchait, le bonheur ne pouvait pas avoir sa place. Il était fait certes de plaisir, mais aussi de vérité. La vérité qui faisait tant défaut aux rencontres actuelles. John me semblait avoir envie de quelque chose de véridique, ce qui me paraissait pourtant tellement antinomique avec le fait de se rencontrer sans se voir. Mais à y réfléchir, cela ressemblait finalement aux correspondances que les amants entretenaient au siècle dernier. Les gens y plaçaient un condensé d'eux même, allant à l'essentiel, et ne mentant pas. Il était alors important, en peu de mots car le papier coûtait cher, d'exprimer ses émotions et ses sentiments de façon vraie. C'est cela qui manquait actuellement. En tout cas, cela me manquait à moi. Comme toujours, j'avais l'impression que j'aurais dû vivre cent ans auparavant. Je ne me sentais pas adaptée à cette société, même si je faisais tout pour. Aïe, la migraine commençait à revenir en force. C'était cela de réfléchir de façon trop intense. Zelda m'interrompit avec toute la joie dont elle était capable, jappant et me tournant autour sans répit, remuant la queue frénétiquement et s'accroupissant en me regardant avec des yeux morts d'amour. En l'espace de quelques secondes, elle m'avait ramenée à la réalité : il fallait la sortir, et vite ! Je rigolai intérieurement en la voyant se trémousser de plaisir simplement car je la regardais. Elle ne se prenait pas la tête comme moi. Pour elle, les choses étaient simples. Dodo, croquettes, câlins, pipi, et hop on recommence. Quelques séances de jeu, des petites odeurs sympas à renifler sur le trottoir, un bon petit feu de cheminée le soir et elle était heureuse. Vraiment heureuse. Je l'enviais un peu. Auparavant, je me disais que je me réincarnerais bien en chat quand je regardais Colombo se prélasser sur le dos, le ventre au soleil, s'étirant mollement et baillant de tout son saoul quand je lui racontais mes déboires. Mais maintenant, quand je voyais la joie qui animait Zelda, je me disais que vivre comme elle serait vraiment parfait. Ou peut-être une chimère entre le chien et le chat sinon.

 L'heure approchait et je sentais monter en moi la tension, en général annonciatrice de désagréables palpitations. Un instant, j'eus presque envie de tout abandonner et de rester là à lire mes manuscrits. Mais Miranda était revenue, et clairement, pour elle, c'était impensable que je n'aille pas à mon déjeuner dans le noir. Finalement, elle avait toujours été mon moteur pour faire des choses. Il fallait que je lui fasse confiance. Pour Zelda, elle avait eu raison en tout cas. Elle passa une tête dans mon bureau et me fit me lever d'un geste de la main. Suivant ses indications, je fis une petite rotation sur moi les bras en l'air, telle une princesse.

— Bon, je sais que tu vas être dans le noir, mais quand même. Tu vas sûrement croiser des gens à l'extérieur. Imagine qu'il soit là et qu'il te remarque. Comme ça ! Autant te dire que quand il découvrira qui tu es, il se dira « ah, oui, c'était elle, la fille habillée comme un sac ! »

— Tu n'es pas gonflée quand même ! C'est un peu raide, non ? Je ne suis quand même pas aussi mal fringuée que ça !

— Euh… il faut vraiment que je te réponde ? Parce que je n'ai pas du tout envie que tu me remettes dehors !

— Aucun risque, la rassurai-je. Tu penses vraiment qu'il faut que je m'habille autrement ? Parce que comme ça, je suis à l'aise, c'est quand même important non ?

— Oui, certes. Mais le souci, c'est que pour que tu sois à l'aise, il faudrait que tu sois toujours en sweat à capuche, baskets et grosse doudoune. Évidemment, je n'ai pas de garde-robe ici, mais on peut peut-être faire quelque chose quand même. Tiens, on va échanger nos sweats déjà.

Je la regardais effarée. Elle portait un pull-over moulant vert pomme avec des traits jaunes dessus. Le mien était gris, ample et aussi moelleux que mon oreiller.

— Tu veux vraiment que je porte ça ? Parce que là c'est sûr, on va me remarquer. Ne le prends pas mal, mais tu es, comment dire ? Colorée ?

— Oui, c'est vrai, mais la couleur attire l'œil, et après tout, attirer le regard, ce n'est quand même pas si mal, surtout quand on cherche à séduire. Or, il me semble tout de même que si tu vas dans ce genre de rendez-vous, c'est pour rencontrer quelqu'un, lui taper dans l'œil, et peut-être, on ne sait jamais, repartir à son bras. N'est-ce pas ? me dit-elle en posant son regard inquisiteur sur moi.

— Je te rappelle que c'est quand même toi qui m'as inscrite, pas moi.

— Oui, mais je te rappelle que tu y as été. Et que tu y retournes, répondit-elle du tac au tac.
— OK, je capitule. Mais cela ne sert vraiment à rien car il ne me verra même pas ! Passe-moi ton sweat, lui répondis-je en enlevant le mien, un peu désespérée.

Elle eut un sourire de conquérante et me tendit avec entrain son vêtement. Il n'était pas si rêche que ce que j'avais craint et je l'enfilai assez facilement. En me regardant dans la glace, je fus surprise du côté agréable de la couleur qui allait parfaitement avec mes cheveux châtain clair. Le jaune faisait également ressortir le côté mordoré de mes yeux. Je me pris même à ramener mes cheveux sur la nuque et à me mirer dans la glace. Miranda m'observa et hocha la tête.

— Ce sera parfait, dit-elle d'un ton approbateur.

Une demi-heure après, un chignon attaché avec deux barrettes et un crayon négligemment passé dedans, je partais en voiture vers le restaurant des déjeuners dans le noir. Cette fois-ci, j'étais en avance et je me garai juste à côté, une petite place s'étant libérée. Je restais quelques instants dans ma voiture afin d'observer les gens qui se trouvaient devant le restaurant. La majorité ne parlaient pas ensemble, car une grande pancarte indiquait que ce n'était pas autorisé. Évidemment, il fallait préserver le suspense jusqu'au bout, puisque la voix suffisait à se faire démasquer. Je trouvais quand même cela un peu bizarre. Après tout, pourquoi ne pas sympathiser directement à l'entrée avec quelqu'un, quitte à ne pas forcément déjeuner avec lui ? C'était tout de même un lieu de rencontre. Le système tel qu'il était fait nous amenait finalement à une forme de dépendance : il fallait respecter ce que les organisateurs avaient prévu pour nous. Peut-être que mon inconnu n'était pas celui qu'il me fallait, peut-être que John ne me correspondait pas du tout. Je regardais les personnes qui étaient sur le trottoir, mais je ne vis pas de lunettes vertes sur le nez des participants. Peut-être était-il vieux et presbyte et ne les mettait-il que pour lire. Quel âge avait-il ? En fait, je ne savais rien de lui. C'était vraiment très frustrant. Je vis un couple qui discutait ensemble, et je ne pus m'empêcher de secouer la tête. Mais bon, après tout, ils faisaient ce qu'ils voulaient. Ce n'était pas parce que j'étais respectueuse des règles que les autres l'étaient également. Mon passé me l'avait déjà montré. Je respirai un bon coup et pris mon courage à deux mains. Sortant de la voiture, je manquai de tomber en trébuchant contre la portière, me rattrapai au rétroviseur et le fit tomber à terre. Tous les regards étaient braqués sur moi. Un bon début, super. Mon pull vert et jaune me semblait fluorescent tellement il attirait le regard et des points noirs commençaient à danser devant mes yeux. Redresse-toi Alysson, doucement, naturellement. Ne fais semblant de rien, personne n'a rien remarqué, me rassurai-je intérieurement. Mais évidemment, tout le monde avait remarqué, tout le monde me regardait, et certains pouffaient de rire. Avec dignité, je ramassai mon rétroviseur et le lançai négligemment sur la banquette arrière. Si Zelda avait été là, elle se serait fait un plaisir de le détruire. Drôle de pensée, elle avait décidément bien bouleversé mon quotidien. Je fermai la portière, redressai les épaules, et la tête haute, traversai la rue vers le groupe dont certains avaient eu la décence de détourner les yeux. Pour quelques femmes, qui me regardaient avec avidité, envie, ou amusement, j'étais peut-être une rivale. Me voyaient-elles vraiment ainsi ? Moi ? Cette simple pensée me fit finalement chaud au cœur. Si j'étais considérée comme une rivale, c'était que quelque part, je n'étais pas si défraîchie et mal fringuée que cela. Bien que, personnellement, l'apparence physique ne m'intéressait que très moyennement. Ce que je voulais, c'était qu'un homme voit qui j'étais à l'intérieur. Qu'il m'aime pour mon intelligence, ma clarté d'esprit, ma culture. Dans le noir, c'est vrai que c'était plus facile. De toute façon, la seule chose qui pouvait l'intéresser, c'était justement cela. C'était finalement bien trouvé pour moi. Ne souhaitant pas discuter et étant toujours l'objet de moqueries, je rentrai tête basse à l'intérieur pour aller me placer dans une des files de la salle d'attente réservée aux femmes. Ici, le mot d'ordre était de mettre son masque sur les yeux et de ne plus rien dire. La sensation du tissu sur mes paupières me rappela la première fois où j'étais venue, mais cette fois-ci, cela ne me gêna pas. J'avais hâte de pouvoir rediscuter avec John. Mais malgré tout, je n'arrêtais pas de penser au mail que m'avait envoyé Sam. Je ne savais toujours pas si j'allais le revoir, et surtout quel accueil je lui ferai. Admettons qu'il soit malade ou à l'article de la mort, je ne me voyais pas lui enlever ce dernier plaisir. C'était mon côté Saint-bernard, il fallait toujours que j'aide les gens en difficulté. Cela causerait sûrement ma perte un jour. Au bout de quelques minutes, le gros de la troupe entra également et j'entendis le bruit des chaussures sur le parquet. Comme la dernière fois, on me plaça à une table de deux, maintenant je le savais, et j'attendis en silence le début de la séance. J'appelais cela une séance, car j'avais presque l'impression d'être au spectacle. Finalement, chacun se donnait ici un rôle. Débarrassé des contraintes de la séduction physique, on pouvait devenir qui l'on voulait, ou montrer uniquement ce que l'on souhaitait exprimer, sans fard, sans retenue. Du moins cela aurait dû être le cas. Mais pas pour John malheureusement. Il n'osait pas se livrer, restait dans la retenue et le contrôle. Pire que moi, c'est dire ! Quand la cloche sonna, je fus un peu décontenancée. Je n'avais rien entendu en face de moi et j'avais l'impression que personne n'était à ma table. Une angoisse m'envahit soudain. Et si John n'était pas revenu ? Si mon dernier mail ne lui avait pas plu ? S'il avait réfléchi et s'était rendu compte que je n'étais pas son style de femme ? S'il m'avait trouvée stupide, ridicule, trop envahissante, trop intellectuelle. Et s'il n'était pas là, tout simplement ? Crispée, j'avançais doucement ma main comme une petite araignée sur la table, me disant que cela passerait inaperçu. Mais c'était sans compter sur ma maladresse légendaire. En sentant le froid de la sienne, j'eus un sursaut, décalai ma main et renversai le verre devant moi avec le coude. Le verre se fracassa sur le sol dans un bruit effroyable compte tenu du silence ambiant. Oups.

— À ce que je constate, c'est bien vous, dit mon inconnu d'une voix amusée.

Il se moquait de moi, mais je ne pus m'empêcher de rire et de me sentir bien. J'étais tellement contente qu'il soit là. Pourquoi, je ne le savais pas exactement, car on ne se connaissait pas après tout. Mais il était revenu. Pour moi. Surtout, il était une des rares personnes que je n'avais pas eu envie de balancer par la fenêtre dès le premier rendez-vous. C'était quand même quelque chose pour moi ! J'aurais toutefois donné cher pour savoir à quoi il ressemblait.

— Gagné, je suis revenue ! Contente de voir que vous aussi. J'avais peur de vous avoir légèrement froissé avec mes mails un peu grandiloquents. Remarquez, les vôtres ne sont pas mal non plus. Vous avez un certain style, on vous l'a déjà dit ?

— Oui, c'est d'une banalité sans nom ce que vous me racontez là, me répondit-il d'un ton sérieux.

Si j'avais pu rentrer sous terre, je l'aurais fait. Mais la terre était dure, la table se dressait entre elle et moi, et je n'étais pas très douée pour creuser. Je restai donc assise là sur ma chaise, contrite. À quoi jouait-il ? Était-ce de l'humour ou essayait-il vraiment de me mettre mal à l'aise ? Certains hommes usaient d'une stratégie un peu spéciale pour essayer de séduire. Peut-être en faisait-il parti.

— Eh bien, vous êtes en forme à ce que je vois. De mauvais poil ? Ou alors est-ce que c'est votre état normal d'essayer de décourager les partenaires qui tentent de vous approcher ?

Je regrettai immédiatement ce que je venais de dire. Je n'étais pas une partenaire, et à vrai dire, je ne tentais pas vraiment de l'approcher plus que cela. Je me mordis la lèvre en espérant qu'il ne relève pas.

— Partenaires vous dites ? s'amusa-t-il.

Raté. De toute façon, j'avais toujours énormément de bol. Quand je faisais une gaffe, elle était immédiatement relevée. Quand je m'étais vautrée en sortant de ma voiture en cassant mon rétroviseur, il y avait eu tout un attroupement pour le voir. J'avais sûrement été prise en photo voire en vidéo, et j'étais quasiment persuadée que je serai bientôt la risée des réseaux sociaux. L'éditrice dans toute sa splendeur. Quel sérieux !

— Je ne voulais pas dire ça, commençai-je un peu mal à l'aise. Partenaires, ce n'était pas le bon mot.

— Peut-être que si, ce sera à vous de voir, reprit-il sur le même ton.

Je rougis jusqu'aux oreilles. Encore une fois, il semblait me faire des avances franches.

— Vous y allez quand même un peu fort, vous ne croyez pas ? lui demandai-je en décidant d'être honnête. Je ne suis pas ce genre de filles, si vous ne l'avez pas encore compris. Je ne serai pas votre partenaire comme vous dîtes, et non, je ne compte pas apprendre votre nom sur l'oreiller. J'espère que c'est clair, m'énervai-je à moitié en poussant ma voix, ce qui eut pour effet immédiat de faire taire les tables voisines et de me ridiculiser davantage.

— Ne le prenez pas mal, je vous taquinais, c'est tout. J'ai bien compris que vous n'étiez pas du genre à sauter dans le lit du premier homme venu, et c'est très bien ainsi, car ce n'est pas du tout ce que je recherche. J'essaie de paraître à l'aise et charmeur, mais je ne le suis pas, veuillez me pardonner pour ma trop grande familiarité.

Étonnée par ce revirement et ce changement de ton brutal, je ne sus pas quoi dire tout de suite. Il semblait vraiment contrit, alors que la minute d'avant, il me faisait un numéro digne d'un playboy. Qui était cet homme ? Quel était le vrai lui surtout ? Je supportais difficilement quand quelqu'un se trouvait mal à l'aise par ma faute et je tentai de le rassurer.

— Non, c'est à moi de m'excuser. Je prends tout au pied de la lettre, je suis désolée d'avoir pris la mouche ainsi. Je suis quand même contente d'apprendre que vous ne recherchez pas ce genre de filles, parce qu'en effet, ce n'est pas mon truc. Je ne tiens pas à entrer dans les détails, j'aimerais que vous ne me posiez pas de questions personnelles du style quelles ont été vos expériences etc., car je n'ai pas envie d'en parler. Sachez juste que mes expériences ne sont ni bonnes, ni intéressantes à raconter.

Je n'osais pas lui dire qu'elles étaient surtout inexistantes. Du moins pour la partie à laquelle il avait fait référence.

— Merci, je n'ai absolument pas envie de vous gêner ainsi, j'étais prêt à partir en courant, me répondit-il.

— Ah oui ? En général, c'est plutôt moi qui fais cela dans un rendez-vous. Si vous le faites aussi et que l'on part chacun en sens inverse, cela pourrait devenir drôle.

— Je préférerais que l'on parte tous les deux dans le même sens, me répondit-il avec de la chaleur dans la voix.

Je lui fis un sourire dans le noir, trouvant l'image plutôt agréable. Romantique aussi.

— Vous souriez, me dit-il doucement.

J'étais stupéfaite. Écarquillant les yeux et ouvrant légèrement la bouche, je ne comprenais pas comment il avait pu le ressentir. Je ne m'étais pas esclaffée, je n'avais pas fait de bruit. J'avais juste esquissé discrètement un sourire et il s'en était rendu compte. Cet homme était vraiment surprenant. Il devait avoir un sixième sens, ce n'était pas possible autrement. De mon côté, j'étais bien incapable de savoir quelle était l'expression de son visage, même si je tentais d'en discerner les traits en plissant les yeux. Peine perdue, tout était d'un noir d'encre.

— Mais comment est-ce que vous avez fait ? Vous êtes magicien ? Expliquez-moi votre secret, lui demandai-je avec intérêt.

— À vrai dire, je n'en ai pas vraiment envie, je préfère garder le mystère, un peu comme vous concernant vos expériences passées. Les choses sont parfois bonnes à dire, parfois non. J'ai en effet un petit secret, peut-être le verrez-vous un jour si l'on continue à se fréquenter.

— C'est un gros secret ?

— Cela dépend de quel point de vue on se place. Pour moi, ce n'en est finalement pas un et il y a des gens qui n'y prêtent sûrement aucune attention. Un secret, c'est surtout ce que l'on en fait qui est important. Il reste mystérieux jusqu'à ce qu'on le dévoile, ensuite, ce n'est plus que quelque chose à intégrer, à comprendre.

— J'ai trouvé, vous faites des études de philosophie et vous avez commencé une thèse sur l'acceptation. C'est ça ?

— Eh bien... pas du tout, essayez encore ! Mais c'est original, je ne l'avais jamais entendue celle-là !

— J'avoue que c'est ma seule idée, alors je vais avoir du mal à vous proposer autre chose. Vous êtes tout de même très mystérieux vous savez. C'est une technique pour paraître intéressant, c'est ça ?

Je l'entendis rire en réponse à ma question.

— En tout cas, j'aime beaucoup votre rire, repris-je en prenant mon courage à deux mains. Sincèrement.

— Merci, cela me touche. Je ne pense pas avoir un rire si différent de celui d'autres personnes, mais pourquoi pas.

— Vous avez le rire honnête, lui dis-je, continuant sur ma lancée.

Je ne me reconnaissais plus, le fait d'être dans le noir avec un parfait inconnu me donnait des ailes. J'osais entreprendre, essayer. C'était une sensation nouvelle pour moi et je n'avais pas peur de le faire car si jamais cela ne fonctionnait pas, nous ne nous serions pas vus. Il n'aurait pas vu ma déception, il n'aurait pas vu mes émotions, mon honneur aurait été sauf.

— Un rire honnête. C'est aussi la première fois que j'entends ça. C'est gentil en tout cas. Heureusement que vous ne trouvez pas mon rire malhonnête, cela aurait été un peu inquiétant.

— C'est sûr, mais je pense que le rire est vraiment quelque chose qui doit venir du cœur. Je trouve que dans la société actuelle, de plus en plus de personnes ne rient plus, et quand elles le font, c'est parfois pour de mauvaises raisons. Pour rire des autres notamment, lui dis-je en repensant à mon rétroviseur.

— C'est vrai, pas plus tard que tout à l'heure, j'ai vu quelque chose de cocasse dans la rue et j'avoue, j'ai ri. Sans méchanceté aucune, mais cela m'a fait rire, répondit-il.

Je me redressai et me crispai sur ma chaise. Il faisait donc partie des personnes qui s'étaient fichues de moi tout à l'heure ? Je n'en revenais pas. Je l'avais donc vu, il était parmi ces gens que j'avais détestés un court instant, avant de retrouver un semblant de dignité. Mes joues s'empourprèrent et je me demandai ce que j'allais faire. Partir tout de suite ? Le planter là comme une vieille chaussette ? C'était la première idée qui me vint, mais ce n'était sûrement pas la bonne. Après tout, je n'en étais pas encore complètement sûre. Je décidai donc d'une autre stratégie.

— Qu'avez-vous vu de si drôle tout à l'heure ? demandai-je innocemment.

— Eh bien, il y avait un enfant dans la rue, avec sa mère. Et tandis qu'elle marchait devant lui à grandes enjambées et qu'il peinait à la suivre, il s'est moqué de sa démarche et a ri d'un rire tonitruant. Il se fichait d'elle, clairement, et pourtant son amusement m'a fait rire. J'ai eu un peu honte de moi sur le coup, car je me sentais complice de ce petit garnement, mais voilà, j'ai trouvé ça drôle. Je ne suis pas parfait. Maintenant vous le savez.

Je poussai un soupir de soulagement peu discret, me calant au fond de mon dossier.

— Vous allez bien ? demanda-t-il légèrement inquiet. Je vous entends souffler. Vous avez trop chaud ?

— C'est juste que... enfin, comment vous dire ?

— C'est mon histoire de gamin qui vous fait réagir comme ça ? Ah je sais ! C'était le vôtre ? Vous étiez cette grande femme devant ? demanda-t-il sincèrement inquiet.

— Absolument pas. Je n'ai pas d'enfant.

— Cette fois, c'est à moi de souffler alors, répondit-il du tac au tac.

— Vous ne voulez pas d'enfants ? lui demandai-je.

— Si, si je trouve la bonne personne, mais j'avoue que... enfin...

— Eh bien, vous aussi vous êtes doué pour vous exprimer à ce que je vois, lui dis-je avec une pointe d'ironie dans la voix.

Finalement, j'avais l'impression que nous nous ressemblions. Mais manifestement, l'un comme l'autre, nous étions sur nos gardes. Ne pas trop en dire, ne pas trop se livrer, ne pas trop montrer d'émotion. Il était peut-être même pire que moi, puisque je savais encore moins de choses de lui que ce que lui savais de moi. Est-ce que l'on allait rester sur un statu quo, ou bien est-ce que chacun ferait un pas vers l'autre ? Je ne le savais pas encore, je ne savais d'ailleurs même pas si j'en étais capable, ou s'il avait envie de le faire. On pouvait aussi continuer à parler de choses et d'autres, sans rentrer dans l'intimité. C'était peut-être préférable. Surtout au deuxième rendez-vous. En pensant cela, je fus frappée par l'évidence d'une chose. Il y aurait sûrement un troisième rendez-vous. Ragaillardie, je repris avec plus de légèreté.

— Je vous propose qu'on ajourne cela, enfin je veux dire, ces choses peut-être un peu trop personnelles pour nous pour le moment, car j'ai l'impression que l'on se ressemble. Vous êtes pudique, et moi aussi. Cela nous fait déjà un point commun.

— Vous m'avez bien cerné en effet, me répondit-il. Je n'aime pas trop parler de moi, c'est vrai, mais j'aime beaucoup vous écouter le faire par contre.

— Oui, mais moi je n'aime pas les relations à sens unique, alors je vous propose un marché. Si l'un fait un pas en avant, l'autre suit. Qu'est-ce que vous en dites ?

Surprise, je sentis sa main prendre la mienne et la serrer solennellement.

— Marché conclu, me dit-il d'une voix douce sans retirer sa main.

Le contact de sa peau était encore présent sur la mienne et cela ne me laissa pas indifférente. Le fait de ne pas le voir exacerbait mes sensations tactiles. J'avais pu noter la douceur de sa peau et un petit détail qui m'avait rassurée. Il ne portait pas d'alliance. Après tout, c'était déjà une bonne chose s'il n'était pas marié. C'était une de mes plus grandes craintes : tomber sur un homme qui tentait d'avoir des aventures extraconjugales sans trop se prendre la tête. Il y en avait beaucoup sur les sites de rencontre, alors pourquoi pas aussi dans des déjeuners dans le noir ? Une question me taraudait cependant. Il avait l'air plus âgé que moi, et manifestement, il n'avait pas d'enfant. N'avait-il jamais été avec quelqu'un, comme moi ? Je n'y croyais pas trop mais je brûlais de le lui demander. Il venait cependant de passer un marché avec moi pour que nous ne nous engagions pas dans des conversations trop personnelles et je décidai de respecter mon engagement.

— Alors si on parlait d'autre chose, dis-je pour orienter la conversation sur un autre sujet. Est-ce que discuter du travail est tabou pour vous ou pas ? Parce que cela m'intrigue tout de même de savoir ce que vous faites. J'imagine certaines choses, mais je ne pense pas pouvoir dire s'il s'agit de la réalité ou si je suis très loin du compte. Votre nom aussi, j'aimerais le connaître. Car voyez-vous, j'ai du mal à vous appeler « inconnu ». Je vous ai donc donné un prénom.

— Intéressant, je brûle de savoir quel est celui que vous avez rattaché à ma personnalité. Voyons voir, est-ce Raymond ? demanda-t-il avec une pointe d'ironie dans la voix.

Je ne pus me retenir de glousser. Raymond. Mon arrière-grand-père s'appelait Raymond. Je ne l'imaginais pas du tout comme lui. Ou du moins je l'espérais ! Parce que mon Raymond, sur les photos que j'avais de lui, était un vieux monsieur, en pantalon noir et bretelles assorties, moustache torsadée et chapeau distingué. Pas trop dans l'air du temps donc !

— Non, absolument pas, Raymond, pour moi c'est un prénom de la première guerre mondiale. Voire même d'avant. Pourquoi pensez-vous à celui-ci ?

— Comme cela, juste pour vous faire rire en fait, et apparemment ça a marché. Au risque de me répéter, j'aime décidemment beaucoup votre rire.

— Merci.

Il me regardait, c'est juste que je ne pouvais pas le voir me regarder. Mais j'en étais sûre, il m'observait.

— Si je puis me permettre, reprit-il, j'ai l'impression que vous n'avez pas ri très souvent de votre côté. C'est dommage.

Comment pouvait-il savoir cela ? J'avais la fâcheuse impression qu'il me perçait à jour, si l'expression pouvait être employée dans cette situation. Il avait une perspicacité et une façon de décrypter mes émotions qui me sidéraient. C'était comme s'il me connaissait déjà. Cela me faisait presque peur. Avec le nombre de manuscrits que je lisais, dont certains étaient des thrillers ou des polars, le tout combiné à mon imagination débordante, j'imaginais déjà qu'il pouvait peut-être m'épier le soir, savoir où j'habitais, observer mes moindres faits et gestes afin de mieux discerner mon comportement et me surprendre ainsi dans ces fameux déjeuners. Je secouai la tête, peu fière de moi. Décidément, j'avais vraiment de drôles d'idées.

— Non, mentis-je, ce n'est pas vrai, en fait je ris très souvent, je suis un vrai boute-en-train, tout le monde le dit. D'ailleurs, ma collègue de travail a beaucoup de mal à se concentrer car quand je lis un manuscrit, s'il est drôle, je blague tout le temps. Comme une oie.

Une oie... Super Alysson, bravo. Des fois, quand j'étais gênée, j'avais tendance à mélanger mes mots ou à dire absolument n'importe quoi et je pouvais paraître complètement à l'ouest. Certains trouvaient cela mignon, d'autres me prenaient pour une abrutie totale. Cela dépendait des situations et des gens que j'avais en face de moi. J'espérais que John trouverait ce défaut plutôt charmant.

— Je vous rassure, vous n'avez rien à voir avec un volatile. Et surtout avec une oie. Je vous perçois plutôt comme un petit renard. Oui c'est cela, un petit renard, une renarde avec une jolie fourrure, un joli petit museau et de grands yeux charmeurs. Je me trompe ?

Il était extrêmement doué pour susciter chez moi le sentiment d'être importante et magnifique, ce dont je n'avais pas l'habitude. Cet homme maniait le verbe comme un écrivain averti, sauf qu'il le faisait en me parlant, dans le noir, et en plus en mangeant un plat insipide. Quelle prouesse. J'allais peut-être le débaptiser et l'appeler Marcel. En hommage à Proust bien sûr !

— En tout cas, vous n'êtes pas gêné pour me faire des compliments. Ni embarrassé par la timidité, contrairement à ce que vous avez essayé de me faire croire au début.

— C'est vous qui me mettez en verve, je ne sais pas, ou peut-être le fait justement d'être dans le noir. On se serait rencontré dans une situation normale, vous n'auriez sûrement pas été charmée par mon vocabulaire. Je serais probablement resté en face de vous sans rien vous dire.

— À ce point-là ? Mais contrairement à vous, je n'arrive pas à me décomplexer une fois dans le noir.

— C'est une question d'habitude, vous verrez.

Encore une fois, j'avais la fâcheuse impression qu'il n'en était pas à son coup d'essai. Cette situation m'agaçait assez prodigieusement. J'avais envie que tout soit plus simple, plus clair, que l'on puisse, si l'on se plaisait, se lever et partir main dans la main pour aller prendre un café sur une terrasse. J'avais l'impression que la personne en face de moi en était au même point, mais autant me concernant, cela ne m'étonnait pas, autant venant de la part de quelqu'un d'autre, j'avais toujours beaucoup de mal à le concevoir. Les autres me paraissaient toujours bien mieux que moi, bien plus à l'aise, bien plus beaux, bien plus intelligents, bien plus... en fait bien plus tout. Ce qui me plaisait beaucoup dans ses déjeuners, c'était de pouvoir exprimer mes sentiments un peu plus profondément que dans ma vie normale. Comme je l'aurais fait en écrivant à quelqu'un, mais l'écriture me privait tout de même de certains canaux sensoriels.

— Vous êtes donc déjà venu ici, me lançai-je courageusement.

Il fallait que j'en sache plus avant de me dévoiler davantage à lui.

— Oui. Je n'ai pas du tout envie de vous mentir, vous n'êtes pas la première femme que je rencontre ici en effet.

Cet aveu me blessa. Je m'en doutais évidemment, il me l'avait déjà à moitié dit, mais ce n'était pas pareil. Là, c'était une vérité, je n'étais pas la première, ce qui signifiait probablement que je ne serais pas non plus la dernière. C'était un test, pour voir si quelque chose collait, si quelque chose pouvait se passer, un amusement même peut-être. Un passe-temps ?

— Pour moi c'est la première fois, dis-je sans vraiment réfléchir.

— Je vois que cela vous gêne que je vous dise ça, est-ce que vous auriez préféré que je vous mente ? Ce n'est pas mon truc vous savez.

— C'est déjà quelque chose de bien, j'aime l'honnêteté, répondis-je. Mais en effet, le fait de savoir que vous avez en quelque sorte fait plusieurs tests sans moi, cela ne me rassure pas. Je ne suis pas sûre de moi, j'ai toujours peur de ne pas plaire, je n'ai pas confiance en moi. Alors le fait de savoir que je ne suis qu'un essai en quelque sorte, cela me stresse énormément. J'ai peur de ne pas être à la hauteur.

Je n'en revenais pas de lui dévoiler tout ça, tout était sorti sans que j'aie eu le temps de faire quoi que ce soit. Décidément, il faudrait que j'apprenne à mieux contrôler mes pensées, mes émotions et mes paroles. Un cours de théâtre peut-être ?

— Je vous rassure tout de suite, vous n'êtes pas qu'un essai. Les essais se terminent dès la première entrevue. Il me semble qu'il s'agit de la deuxième, et si cela peut vous rassurer encore plus, vous êtes la seule qui soit allée jusque-là. Je ne suis pas du genre à batifoler, j'ai pourtant cru que vous l'aviez compris. Mais je ne peux pas vous dire que je n'ai jamais rencontré quelqu'un avant vous, ce n'est pas vrai. Je ne sais pas quel âge vous avez, mais nous devons normalement nous situer à peu près dans la même tranche, quand on remplit les questionnaires, c'est un choix que l'on peut faire et j'avais demandé à ce que ce cela soit le cas pour mes rencontres. En général dans nos âges, on a évidemment eu des relations antérieures. Cela ne veut pas dire que c'étaient les bonnes, ou que l'on a forcément un mauvais karma si on n'a rencontré que des gens peu fréquentables. Finalement, j'ai l'impression que vous êtes très dure avec vous-même. Cela ne sert à rien. Je ne sais pas ce qui vous est arrivé, mais une chose est sûre, parfois il faut savoir se pardonner avant tout, et pardonner aux autres aussi. Sans se retourner. Sinon on n'avance pas.

— Vous me paraissez plus âgé que moi en tout cas, et vous semblez avoir une réflexion bien plus profonde que la mienne sur les événements de votre vie. J'ai souffert, c'est tout ce que je peux vous dire. C'est vrai que j'ai beaucoup de mal à faire confiance, encore plus aux hommes, mais pas seulement. Je suis touchée par votre honnêteté et la façon dont vous essayez de me rassurer, mais je ne suis pas une chose à réparer, en tout cas je ne veux pas que vous me conceviez comme telle.

— Je n'ai jamais dit ça, je veux juste vous aider. Et m'aider aussi, parce qu'après tout, si vous ne me faites pas confiance, vous n'aurez peut-être plus envie de me voir. Or j'aimerais beaucoup continuer à vous côtoyer. Je ne sais pas ce que ça va donner, mais vous en êtes au deuxième rendez-vous, et croyez-moi je suis difficile. Vous n'êtes pas comme toutes les autres, vous êtes une renarde, dit-il doucement.

Cette image me fit rire et me flatta.

— Eh bien, je ne pensais pas vous faire rire, mais cela me fait plaisir. Deuxième fois aujourd'hui, c'est un record, reprit-il.

— Oui, dis-je en essayant de retrouver mon souffle. En fait, c'est juste que... on m'a offert une petite chienne, avec de grandes oreilles et un petit museau tout mignon, qui a pour passion le saccage de ma voiture, de mon bureau, de mon appartement et qui rend mon chat complètement fou. Et quand vous m'avez parlé de renarde, j'ai eu cette image de petite chienne. Comme dans *Rox et Rouky*. C'est complètement ridicule, je sais, et très enfantin aussi, mais voilà, ça m'a fait rire. Pour vous dire à quel point j'ai besoin d'autre chose dans ma vie en ce moment. Je pense que je travaille trop.

— En effet, je ne m'y attendais pas ! J'ai moi aussi vu ce dessin animé quand j'étais jeune, c'est vrai qu'il est mignon. Qui vous a offert votre chiot ?

— Ma collègue de bureau. En fait c'est plus que ma collègue, c'est ce qui se rapproche le plus de ma meilleure amie actuelle.

— Rapproche ? Vous avez aussi du mal avec l'amitié ?

— Oui, je l'avoue, là aussi j'ai des difficultés à faire confiance.

— Je ne sais pas ce qui vous est arrivé, dit-il, mais en tout cas, je suis sûr d'une chose, vous ne le méritiez pas. Vous m'avez l'air de quelqu'un de très bien, vous êtes ouverte et intelligente, sensible aussi. Je sais qu'on a décidé de ne pas parler de choses trop personnelles, mais si jamais vous voulez le faire, je suis tout ouïe.

— Merci, c'est gentil, mais non, pas pour l'instant. Je ne sais même pas si je vous en parlerai au troisième ou au quatrième rendez-vous.

— Il y aura donc d'autres rendez-vous ? Je suis vraiment heureux de l'apprendre. Ah, reprit-il, je crois qu'on va nous apporter les desserts.

En effet, le repas était passé assez rapidement, ce qui m'étonnait car j'étais toujours angoissée au restaurant, ne sachant pas quoi dire et me sentant complètement empotée, j'avais toujours trouvé que les repas passaient extrêmement lentement.

— Oui, enfin si vous le souhaitez bien sûr, mais pour moi, ce serait oui. De toute façon je suis inscrite pour quatre déjeuners. Je suppose que c'est avec vous.

— Oui, si nous décidons tous les deux de cocher la case verte après ce rendez-vous, nous nous retrouverons à nouveau la semaine prochaine.

— Il y a une case verte à cocher ?

— Oui, vous ne le saviez pas ? Vous l'avez forcément fait, sinon nous ne serions pas là aujourd'hui.

Je pensai tout de suite à Miranda, mon ange gardien, qui malgré notre dispute violente, avait décidé de cocher cette petite case verte à laquelle je n'avais pas accès puisque je n'avais pas les codes. Elle avait senti que John était quelqu'un avec qui j'avais accroché. C'était vraiment une amie extraordinaire.

— Ah si, je m'en souviens maintenant en effet, mentis-je parce que je n'avais pas envie de lui avouer que je ne l'avais pas fait moi-même.

— J'espère bien, si vous ne vous souvenez pas de ça, ça me paraît un peu gênant.

— Quel âge avez-vous ? lui demandai-je sans préambule. Ce n'est pas trop personnel comme question, si ? Je pense que l'on peut se dire notre âge, vous ne croyez pas ?

— Si, sûrement, c'est en général quelque chose qu'on n'ose pas demander à une femme, mais à un homme, vous pouvez le faire bien entendu.

— Cela veut dire que vous n'allez pas me demander le mien ? répondis-je.

— Si, bien sûr. Sauf si vous ne voulez pas me le dire. Alors pour vous répondre, j'ai 35 ans.

Je restais quelques instants silencieuse. 35 ans. Le mauvais âge. Celui auquel un homme essaie de se caser et d'avoir des enfants dans la foulée, ou bien celui où il vient d'en avoir et divorce immédiatement. C'était dans son cas plutôt la première possibilité qui me vint à l'esprit. Zut et zut, je n'avais décidément pas de chance. Il avait presque dix ans de plus que moi, c'était raté d'avance. Je cherchais certes quelqu'un de mature, mais pas à ce point-là. Me rendant compte que mon silence était gênant, je me raclai doucement la gorge, ne sachant pas quoi dire.

— Manifestement, mon âge vous pose problème, j'en déduis donc que vous êtes bien plus jeune. De beaucoup ? Je ne me voyais quand même pas comme un croulant ! En tout cas, si cela peut vous rassurer, ce n'est pas le cas !

Je rigolai, il avait vraiment le don de détendre l'atmosphère, y compris quand je faisais des gaffes comme celle-ci. Ce n'était pas très correct de ma part de ne pas lui répondre, après tout cela n'enlevait rien à son charme. Je décidai de jouer franc jeu.

— J'ai 26 ans. Comme vous le voyez, il y a tout de même une sacrée différence entre nous. Je me doute que vous n'êtes pas un croulant comme vous dîtes, mais c'est vrai que, comment dire, on n'a pas tout à fait les mêmes objectifs à 26 et 35 ans.

— D'où la question des enfants de tout à l'heure ? En même temps, pour une femme de 35 ans, les choses sont peut-être plus simples que pour un homme.

— C'est-à-dire ? répondis-je en fronçant les sourcils.

— C'est-à-dire qu'à 35 ans, pour une femme, c'est tout de même plus compliqué d'avoir un enfant. Tandis qu'à 26, vous avez encore du temps devant vous.

Je n'aimais pas du tout ce genre de considérations, qui replaçaient constamment le corps féminin dans une sorte d'obligation de résultat avant tel âge. Personnellement, je ne voulais pas spécialement d'enfants de toute façon, et 26 ou 35 ans n'y changeraient pas grand-chose. J'étais très bien comme cela, j'avais déjà du mal à m'occuper de mon chat et maintenant d'un petit chiot, sachant que j'allais de toute façon rendre ce dernier bientôt. Cela me convenait ainsi.

— Vous savez, c'est un peu arriéré de dire ça. Il y a des femmes qui ont des enfants à 42 ou 43 ans, cela ne leur pose pas spécialement de problème.

— Oui, c'est vrai, souvent des célébrités, qui ont des médecins très compétents et des nounous pour s'en occuper ensuite. Ma sœur a un enfant en bas âge, je vous assure que ce n'est pas de la tarte.

Il venait de me confier quelque chose de personnel, enfin. Il avait une sœur et un neveu ou une nièce.

— C'est une fille ou un garçon ?

— Une petite fille. Elle est mignonne, mais comme tous les petits, elle crie. Je suis désolé si je vous ai vexée par rapport à l'âge. En tout cas, sachez que pour moi, 26, 35 ou même 40 d'ailleurs, cela ne fait pas de différence. Ce qui importe quand on rencontre quelqu'un, c'est avant tout ce qu'on a en commun, nos idées, nos pensées, nos émotions. Le reste n'est qu'une affaire d'apparence. Et que ce soit l'âge ou le corps, cela change. On vieillit. L'objectif pour moi en rencontrant des gens dans le noir, c'est aussi justement de passer au-delà de ces apparences, d'aller creuser un peu ce que la personne a au fond d'elle, de ne pas passer par ces banalités et ces choses de surface qui empêchent de rencontrer les bonnes personnes. Vous me suivez ? demanda-t-il avec sérieux.

— Oui, je comprends tout à fait ce que vous dîtes, c'est vrai. Mais je ne vais pas vous mentir, dix ans d'écart, pour moi cela fait beaucoup. Je ne peux pas m'empêcher de penser à la suite, répondis-je.

— Vous voyez loin alors. C'est sûr que m'imaginer à 80 ans ne vous fait peut-être pas envie, mais vous en aurez alors 70, et je vous assure que ce ne sera pas forcément glorieux non plus, dit-il avec un ton taquin.

— Vous avez décidément beaucoup d'humour, vous riez ainsi de tout ?

— Il faut bien, j'ai appris à utiliser l'humour pour m'en sortir. Des fois, il ne reste que ça.

Un silence s'ensuivit. Que voulait-il dire ? Sa voix avait changé en me disant cela et j'avais perçu de la peine dans son intonation.

— Je vois que je ne suis pas la seule à avoir souffert dans la vie, lui dis-je avec honnêteté.

— Je crois que tout le monde a ses casseroles, me répondit-il. L'important est de savoir couper les fils qui les retiennent derrière nous.

La cloche de fin du repas venait de sonner, et conformément au règlement, nous nous levâmes et nous remîmes notre bandeau afin d'être accompagnés vers l'extérieur, les hommes d'un côté et les femmes de l'autre. Ainsi, nous ne nous croisions pas, ni lors de l'entrée, ni lors de la sortie. Aucun mot ne devait être échangé alors, ce qui me frustrait profondément. A posteriori, je me disais que c'était surtout un moyen de faire revenir les gens. Couper une conversation ou un échange de façon assez brutale produisait le même effet que lorsqu'une série se finissait brutalement, nous laissant dans l'expectative. Cela créait une attente, une forme de dépendance. Je n'aimais pas cela, mais force était de constater que c'était ce que je ressentais. J'avais besoin de le revoir. Ou plutôt de l'entendre.

– 19 –

Le repas avait été de qualité moyenne et j'avais du mal à digérer. Le fait de revenir en voiture n'était pas l'idéal, j'aurais préféré prendre une petite marche afin de faire passer le dessert, un peu trop copieux à mon goût. Pourtant j'avais l'habitude des plats riches, mais cette fois-ci, contrairement à la dernière fois, tout avait été assez gras. Clairement, ce n'était pas de la grande cuisine. J'espérais cependant échapper aux aigreurs d'estomac. Je me garai devant ma petite maison d'édition et observai la devanture avec fierté. J'avais contribué à construire cela et j'étais heureuse de pouvoir donner leur chance à de jeunes auteurs qui étaient malheureusement trop souvent rejetés par les grandes maisons d'édition. J'avais moi-même écrit un livre quand j'avais vingt ans et je savais ce que c'était d'envoyer son manuscrit, son bébé en quelque sorte, à de nombreuses personnes qui, au mieux vous renvoyaient une lettre type de refus, au pire ne répondaient pas du tout. C'était en partie pour cela d'ailleurs que j'avais créé ma société. Pour m'éditer. Mais une fois que ce fut chose faite, je fus étonnée de recevoir des manuscrits en pagaille, et je me surpris alors à me prendre au jeu. Et le plus fort dans tout cela, c'est que cela avait marché. J'avais une notoriété, j'étais reconnue dans le monde de l'édition, alors que je ne publiais qu'une vingtaine d'auteurs. En même temps, c'était déjà un bon chiffre, et même si je n'avais pas encore déniché le futur best-seller de l'année, j'avais quand même deux ou trois pépites dans mon vivier. Et je comptais bien les garder. L'édition était pour moi un mode de vie maintenant, je me levais souvent en repensant aux histoires que j'avais lues la veille. J'avais toujours aimé lire et en faire mon métier me semblait encore plus merveilleux. Quelle chance j'avais ! Avant de pouvoir réaliser ce rêve, j'avais pu entrevoir ce que pouvait être une vie sans passion, et cela ne me convenait absolument pas. J'avais besoin de vibrer tous les jours, de croire en ce que je faisais. Si cela n'avait pas marché, j'aurais sûrement enseigné la littérature ou la philosophie. Deux matières qui m'avaient toujours énormément plu à l'école. Je sortis précautionneusement de ma voiture, essayant cette fois de ne pas tomber malencontreusement ou d'arracher un autre élément essentiel de la carrosserie. J'avais un peu chaud et j'enlevai le sweat de Miranda, je l'avoue avec un grand soulagement. À part m'avoir fait repérer aussi facilement qu'une bougie dans la nuit quand j'avais fait la gourde en sortant de ma voiture, cela ne m'avait servi à rien d'avoir autre chose que mon sweat gris à capuche moelleux et confortable. Mais je ne voulais pas vexer Miranda, après tout je savais que ce qu'elle faisait pour moi partait toujours d'un bon sentiment. Et puis, un peu de couleur de temps en temps, c'est vrai que cela ne faisait pas de mal. Toute ma garde-robe était blanche, noire, ou grise. Peu de variété donc. Pourquoi ? Je ne le savais pas vraiment finalement. Peut-être justement parce que j'essayais depuis toujours de passer inaperçue. Alors qu'en moi, une voix hurlait sans cesse : « regardez-moi ». J'avais surtout besoin d'être aimée telle que j'étais, et c'était pour cela que je n'avais pas envie de me mettre en valeur physiquement. Je ne voulais pas attirer l'attention avec la carrosserie, mais plutôt avec le moteur. C'était cela qui, à mon sens, permettrait à mon futur couple, si tant est qu'un jour j'arrive à être en couple, de durer. J'en étais persuadée. En traversant, je vis par la fenêtre une petite boule de poils roux qui apparaissait rythmiquement. Je n'en revenais pas, ce que j'étais en train de voir, c'était Zelda qui sautait en l'air devant la fenêtre. Je voyais ses petites oreilles agir comme des parachutes et monter et redescendre avec sa petite bouille et sa truffe noire qui menaçait de s'écraser contre la vitre. Comment avait-elle fait pour savoir que c'était moi qui venais de me garer ? Cette chienne était vraiment extraordinaire. Elle ferait un très bon guide pour aveugle plus tard. J'en étais persuadée. À cette pensée, je ressentis un pincement au cœur. Si j'avais su qu'il serait si difficile d'envisager de m'en séparer, je ne sais pas si j'aurais accepté de la prendre ainsi avec moi. J'avais eu peur du contraire, que ce soit difficile de la garder. Je m'étais vraiment trompée. En ouvrant la porte, la petite furie débarqua à toute allure et me passa entre les jambes, sortant sur la route en m'arrachant un cri de stupeur.

— Zelda, reviens ici tout de suite, lui criai-je apeurée tandis que je voyais une voiture arriver sur la route dans sa direction.

La petite chienne me regarda avec étonnement, puis revint doucement la queue entre les jambes, tandis que la voiture ralentissait et la dépassait prudemment. Je la pris dans mes bras tout en la grondant affectueusement.

— Ne me fais plus jamais ça, je tiens à toi espèce de petite friponne !

— Alors ? me demanda Miranda en passant la tête par la fenêtre, joli le rattrapage de chien !

— Tu m'étonnes, j'ai quand même eu sacrément peur.

Je refermai la porte derrière moi, posai la petite chienne par terre en lui grattouillant la tête, puis j'allai vers Miranda tout en prenant ma tasse de thé. La théière était tout le temps pleine dans notre petite maison d'édition. Il fallait bien ces litres quotidiens pour rester éveillées devant certains manuscrits.

— Alors ? demanda Miranda de nouveau, raconte ! Comment ça s'est passé ?

— Une catastrophe, je n'ai pas du tout apprécié nos discussions cette fois-ci, commençai-je avec un regard triste.

— Quoi ? C'est pas possible, ça avait l'air tellement bien parti ! Qu'est-ce qui s'est passé ?

— Je blague, la rassurai-je avec un petit rire satisfait. Il est vraiment super, ça s'est très bien passé. C'était un peu plus intime que la dernière fois.

— Intime ? demanda Miranda avec un large sourire, tu veux dire que vous vous êtes embrassés ?

— Mais non, pas du tout. De toute façon, dans le noir, je risquais de me planter et de l'embrasser sur le nez.

— Ça aurait été mignon aussi, me taquina mon amie.

— Non, par intime, je voulais dire qu'on a parlé de choses importantes, je pense. Mais je sens qu'il est sur la réserve, comme moi d'ailleurs. J'ai l'impression que c'est quelqu'un qui a pas mal souffert dans la vie, c'est comme s'il affichait à la fois un air sûr de lui, et en même temps, je perçois une grande fragilité, je sens qu'il a été blessé par une femme, j'en suis sûre même.

— Qu'est-ce qui te fait dire ça ? demanda Miranda.

— Eh bien, il a tendance à commencer à se confier, des petits mots par-ci par-là, et puis il dévie sur l'humour, c'est clairement pour se protéger.

— Ça me rappelle quelqu'un...

— Oui, c'est vrai, je suis aussi un peu comme ça. Moi aussi j'ai souffert. Peut-être autant que lui d'ailleurs. Je ne sais pas ce qu'il cache, mais c'est clair qu'il y a quelque chose. J'espère juste qu'il pourra m'en parler un jour.

— Ça veut dire que vous comptez vous revoir ? demanda Miranda avec espoir.

— Oui, dans une semaine, pour le prochain déjeuner dans le noir. On est tous les deux d'accord pour faire les quatre déjeuners ensemble. Il y a quelque chose entre nous, je ne sais pas ce que c'est, je ne peux pas appeler ça de l'amour, peut-être même pas de l'amitié d'ailleurs, mais il y a quelque chose. J'ai envie d'en savoir plus sur lui, et j'ai l'impression que c'est réciproque.

— Ma grande, on appelle ça un coup de foudre. Évidemment, tu ne peux pas dire qu'il y a de l'amour tout de suite, mais à partir du moment où tu ressens l'envie de connaître davantage quelqu'un, c'est souvent parce que tu as un petit quelque chose dans le cœur qui bat pour lui, tu ne crois pas ?

— Je ne sais pas. Tu sais, moi il me faut du temps, répondis-je un peu sur la défensive.

— Oui, je sais. Du temps, du temps et encore du temps. Toujours du temps. Mais des fois, il faut aussi apprendre à embrayer un peu.

— Qu'est-ce que tu veux dire ?

— Eh bien, tu te souviens de Marc ? L'ami que je t'avais présenté quand on était allées à la patinoire.

— Oui, bien sûr. Il était très sympa.

— Oui, il était sympa en effet, mais tu l'as complètement planté quand il t'a invitée au cinéma la fois d'après.

— Mais ça allait beaucoup trop vite, je le connaissais à peine ! me défendis-je avec véhémence. Ça m'a fait peur, voilà tout.

— Franchement, aller au cinéma avec quelqu'un à 25 ans, ce n'est vraiment pas un drame. Ce n'est pas parce qu'il t'invite à aller voir un film qu'il va te sauter dessus. Tu devrais te détendre un peu de temps en temps !

— Écoute, je sais que je peux paraître ridicule, mais j'aime prendre mon temps. Je suis désolée, mais un gars qui m'invite au cinéma alors que je ne l'ai vu qu'une seule fois, pour moi cela ressemble à un plan drague très franc. Je n'aime pas ça, c'est tout. J'ai besoin de plus de... de je ne sais pas quoi en fait.

— En fait tu as dix ans de trop, résuma Miranda.

— Dis tout de suite que j'ai la mentalité d'une gamine de 15 ans !

— Non, pas pour tout, surtout ne te braques pas, je n'ai pas envie d'aller encore chercher un autre job, mais c'est vrai que... ben tu es spéciale quoi. Mais c'est aussi pour ça que je t'aime, me rassura mon amie.

— Merci, mais toi aussi tu es quand même un peu bizarre tu sais. Et c'est aussi pour ça que je t'aime.

Nous tombâmes dans les bras l'une de l'autre, et malgré cette discussion qui aurait pu être très tendue, je ne me sentis pas le moins du monde offusquée par ce qu'elle venait de me dire.

— Alors maintenant, raconte-moi, me dit-elle en se reculant un peu. Qu'est-ce qu'il t'a dit de si personnel ?

— Déjà, il m'a dit son âge.

— Ah, et alors ? Quel âge a-t-il ?

Je baissais les yeux, un peu gênée.

— 35 ans, répondis-je en la regardant les sourcils légèrement en accent circonflexe.

— Ah oui, quand même !

— Ouais, je sais, c'est aussi un peu la réaction que j'ai eue quand il me l'a dit, et j'ai peur de l'avoir vexé. Mais c'est vrai que 35 ans, c'est déjà... enfin tu vois. À cet âge-là, la plupart des hommes ont déjà une femme, voire une maîtresse.

— Apparemment, ce n'est pas le cas. D'après ce que tu m'as raconté, il n'a rien de tout ça.

— En effet. On a même parlé enfants... avouai-je gênée.

— Ensemble ? pouffa de rire Miranda.

— Mais non, qu'est-ce que tu racontes ? rigolai-je. Par contre, il n'avait pas l'air très à l'aise là-dessus. Tu vas me dire, moi c'est pareil. Mais j'ai dix ans de moins quand même !

— Qu'est-ce qu'il a dit d'autre, tu connais son nom maintenant ?

— Non, en attendant je continue de l'appeler John, ça le fait rire.

— Au moins il a de l'humour, répondit Miranda.

— Oui, c'est clair. C'est un humour un peu particulier par contre. Des fois, je sens que dans sa voix, cela se brise. C'est comme un mur de protection et j'avoue que c'est quelque chose qui me plaît chez lui. Et puis il est intelligent. Une intelligence relationnelle si tu vois ce que je veux dire.

— Oui, je vois tout à fait. Tu veux juste dire qu'il ressent bien tes émotions.

— Oui, c'est ça. Je sens qu'il n'a pas du tout envie de me blesser en tout cas. Quand il dit quelque chose et que j'ai un moment de silence, il s'arrête, attend, tâte un peu le terrain afin de s'adapter et de me rassurer si j'en ai besoin. C'est assez incroyable, c'est comme s'il lisait en moi. Je suis vraiment surprise de trouver quelqu'un qui arrive à me comprendre comme ça, alors qu'il ne m'a jamais vue.

— Mais c'est peut-être là que tu te plantes ma belle, me répondit Miranda. Le fait de ne pas te voir, ce n'est pas un obstacle pour te comprendre. La vue, ce n'est qu'un sens parmi les autres, tu ne crois pas ?

— Oui, c'est sûr. En tout cas, c'est une drôle d'expérience, et franchement, merci de m'avoir inscrite, ça m'ouvre d'autres horizons. Bon, on y retourne ?

— Tu as fini le manuscrit « *Je te vois* » ?

— Non, pas encore, il me reste une centaine de pages.

— C'est drôlement long alors ?

— Oui, il y en a six cents.

— Waouh, et ben !

– 20 –

En sortant le soir, je mis une petite veste que je laissais toujours sur le portemanteau à côté de l'entrée. Le temps avait fraîchi et, étant frileuse, j'étais contente d'avoir ce pardessus à me mettre sur les épaules. Le vent s'était levé et la lune était montée dans le ciel, éclairant la rue d'une douce clarté. Zelda à mes pieds, je fermai la porte de ma petite entreprise, Miranda étant déjà partie depuis plus d'une heure. J'avais réussi à finir le manuscrit, et je le trouvais vraiment très bon. J'allais maintenant devoir contacter l'auteur via le mail qu'il m'avait donné. Scribouillard. Qu'est-ce que c'était que cet énergumène ? Et comment pouvait-il écrire aussi bien tout en me donnant un nom comme celui-là ? En arrivant devant ma voiture, je fronçai immédiatement les sourcils en apercevant un petit mot sur mon pare-brise. Avec mon bol, je m'étais peut-être prise un PV. J'allai voir ce que c'était, dépliai le papier, ce n'était pas une contravention. Quelques mots y étaient inscrits, quelques mots qui m'interrogèrent. Je regardai autour de moi, essayant de voir si la personne qui l'avait placé là était toujours dans les parages, mais il n'y avait pas âme qui vive. Un petit frisson me parcourut l'échine et je rentrai dans ma voiture, verrouillant mes portières, Zelda faisant la folle à côté de moi. De nouveau, je dépliai le papier et regardai ce qui était écrit. *« À très bientôt, j'espère »*. Qui avait pu m'écrire cela ? Je lisais suffisamment de livres pour penser tout de suite à quelque chose de malsain, à un harceleur quelconque qui allait maintenant me filer au train. J'avais pas mal de contacts avec différentes personnes, et peut-être avais-je croisé sans le vouloir un fou furieux complètement obsédé par ma personne. À ce moment, j'aurais préféré que Zelda soit un dogue de Bordeaux plutôt qu'un golden retriever. Ce n'était clairement pas elle qui allait me défendre en cas d'agression. Au mieux, elle pourrait toujours lécher les pieds de mon poursuivant pour le faire tomber grâce aux chatouilles que cela lui procurerait ! Cette pensée me fit sourire et je démarrai le moteur en secouant la tête. J'avais trop d'imagination, peut-être était-ce tout simplement Miranda qui avait voulu me faire une blague. C'était bien son genre. Arrivée chez moi, je l'appelai pour vérifier. Mais elle me confirma ce que je craignais un peu, ce n'était pas elle. Elle exprima son inquiétude et me demanda si je voulais qu'elle vienne dormir chez moi, mais je refusai. Après tout, c'était peut-être une erreur. Quelqu'un qui avait pris ma voiture pour celle d'une autre. Essayant de ne pas y penser, je me couchai en ramenant ma couette sur ma tête, dans un mécanisme de protection ancestral. Une fois cachée de la sorte, rien ne pourrait m'arriver. Du moins le pensais-je. Je mis tout de même un peu de temps à m'endormir, mais la présence ronronnante de Colombo m'y aida grandement.

− 21 −

Ce ne fut que quelques jours plus tard, deux pour être précise, que j'eus des nouvelles de Sam. Il m'avait écrit un mail la veille au soir et je l'avais découvert en me connectant le lendemain matin au boulot. J'avais tout de suite demandé à Miranda de venir le lire, car j'étais de moins en moins à l'aise par rapport à cela. Je n'avais pas reçu de nouveau petit mot sur ma voiture ou ailleurs, mais cela m'avait stressée. Je me demandais si Sam n'était pas derrière tout ça. Dans son mail, il était insistant, mais toujours aussi doux et poli. Miranda le lut attentivement.

« Chère Alysson,
Je t'ai donné quelques jours pour réfléchir, et j'espère que tu ne m'en voudras pas de revenir ainsi à la charge. Mais je dois vraiment te voir. Pour moi, c'est extrêmement important. Je sais, je me répète, mais je n'ai guère d'autre chose à te dire, si ce n'est que je suis bien désolé de ce qui s'est passé entre nous il y a dix ans. Ne t'en fais pas, je n'ai pas la prétention de réparer la chose, ni même de te demander pardon, car ce que j'ai fait et la façon dont j'ai réagi sont inexcusables. Accepterais-tu de me voir ? Si oui, essaye de ne pas te faire trop attendre tout de même, je me morfonds dans l'incertitude.
Sam »

— Mais dis donc, il parle drôlement bien ce gars, s'étonna Miranda. Tu ne m'avais pas dit que c'était à moitié un demeuré ? On ne dirait pas. Mais je persiste, je trouve ça vraiment flippant. Il est trop insistant à mon goût, qu'est-ce qu'il te veut après tout ? Tu as vu le début de son message, genre il te donne un ultimatum. Pour qui se prend-il ?

— Oui, je trouve ça bizarre aussi, déjà parce que ça ne lui ressemble absolument pas, en tout cas je ne m'en souviens pas comme ça. Et puis c'est un peu étrange qu'il veuille absolument me voir. J'étais plutôt partante la dernière fois, mais à la lecture de ce mail, je n'en ai plus trop envie. Tu crois que c'est lui qui m'a laissé un mot sur mon pare-brise ? demandai-je.

— Je ne sais pas, peut-être que oui. Mais s'il sait où tu travailles et quelle est ta voiture, pourquoi n'est-il pas directement venu toquer à la porte pour te voir ? Quitte à être insistant, autant l'être complètement, tu ne crois pas ?

— Je ne sais pas, vraiment je ne comprends plus rien. Sinon, ce qu'on pourrait peut-être faire, c'est qu'on le voit toutes les deux, qu'est-ce que tu en penses ? demandai-je à Miranda avec une note d'espoir.

— Ah non, sans moi, je ne le sens pas du tout ton gars, et puis après tout, c'est toi qu'il veut voir, pas moi. Si vous avez des choses à régler tous les deux, il vaut mieux que vous voyiez ça entre vous, tu ne crois pas ? Mais je te l'ai dit, moi, je ne le ferai pas. Je commencerais par lui téléphoner, et surtout pas par le voir. Tu peux aussi y aller franco et lui demander si c'est lui qui a mis un papier sur ta voiture.

— Non, je n'oserais jamais faire ça. Imagine que ce ne soit pas lui, il se sentirait attaqué et très gêné. Sinon, je le rencontre et toi tu restes à distance et tu nous surveilles.

— Tu te crois dans un film policier ou quoi ? Je ne suis pas une garde du corps, je pèse 45 kg tout mouillés, et je ne risque pas de te défendre s'il y a un problème ! Autant demander à Zelda de le faire, c'est pour dire !

— Ah ben c'est beau l'amitié, merci, répondis-je vexée.

— Je t'ai dit que tu devrais l'appeler. Demande-lui son numéro de téléphone plutôt que de lui donner le tien et on verra ce qu'il te répond. De toute façon, sinon, il va continuer à t'écrire comme ça pendant un moment. Autant en avoir le cœur net.

Je soupirai. Miranda avait raison. Je ne sais pas ce qui passait par la tête de Sam, mais manifestement, il avait des choses à me dire ou à me confier. Le seul truc, c'est que moi, je n'en avais vraiment plus rien à faire de lui maintenant. Il m'avait pourri la moitié de ma vie déjà, et je comptais bien que ça s'arrête là. Je préférais largement penser à John.

— OK, je capitule. Je lui demanderai son numéro de téléphone, comme ça il me foutra la paix après. Tu pourras au moins rester à côté de moi si je l'appelle ?

— Pas de problème. C'est plutôt à toi de me dire, parce que vous allez peut-être parler de choses qui ne me concernent pas. Je crois quand même que vous avez des trucs à régler entre vous, dit Miranda.

— Qu'est-ce que tu veux dire ?

— Eh bien, tu as un gros ressentiment envers lui et surtout envers toi. Si tu te sens encore aujourd'hui aussi mal à l'aise avec les hommes, c'est parce qu'il t'a fait perdre confiance en toi. Alors peut-être que cette entrevue ou cette discussion serait une manière de la retrouver. Peut-être qu'il le sait, ou pas d'ailleurs, mais je vois ça comme quelque chose qui pourrait t'aider. Si tant est que ce ne soit pas un grand malade mental !

— Tu es toujours rassurante quand tu veux…

Je haussai les épaules et refermai le capot de mon ordinateur portable. J'en avais assez de ces trucs et surtout de me replonger dans mon passé. Ce que je voulais, c'était aller de l'avant et me construire une autre vie que celle pour laquelle j'avais été destinée. Et je le faisais plutôt bien, je pouvais être fière de moi.

Je mis toute l'après-midi à prendre ma décision. Ce n'était pas simple. J'étais en effet partagée entre le fait de savoir ce que me voulait Sam, piquée par une curiosité bien légitime, et la crainte de ce dont on avait parlé avec Miranda. Sam était peut-être fou à lier. Il était même possible que ce ne soit pas lui qui m'écrive ainsi. Cette dernière possibilité m'avait traversé l'esprit en relisant ses messages, qui contrastaient de façon importante avec la façon qu'il avait de s'exprimer dix ans auparavant. Mais je savais que tout le monde changeait et qu'il pouvait avoir acquis de nombreuses qualités stylistiques durant ce laps de temps. De toute façon, ma décision était prise. Ma curiosité était la plus forte. Et puis, je gardais tout au fond de mon cœur une petite étincelle, vous savez ce que c'est, celle de ce premier amour d'enfance, d'adolescence dans mon cas, qui faisait que mon cœur battait encore légèrement plus fort quand je repensais à Sam. Pourtant, il m'avait montré à l'époque un côté de lui que j'avais trouvé abject et lâche. Mais je me souvenais aussi de nos étreintes passionnées, de nos mains jointes lors de nos sorties, de nos fous rires aussi. Secouant la tête, l'image de mon premier baiser et de la scène humiliante qui s'était ensuivie me frappa en plein cœur, faisant retomber le moment de nostalgie romantique qui commençait à m'habiter. De nouveau, j'hésitai. Serais-je capable d'effacer cette rancœur et d'écouter ce qu'il avait à me dire ? De ne pas mettre le passé entre nous dès le premier instant ? Je n'avais pas les réponses à ces questions, personne ne pouvait les avoir, mais je décidai de tenter le coup. Après tout, je n'avais pas grand-chose à perdre. Et puis Miranda serait à mes côtés lors de mon appel. Par téléphone, cela serait plus facile de mettre mes émotions à distance et d'écouter simplement ce qu'il avait à me dire. Si je ne le faisais pas, il risquait de m'envoyer des mails réguliers, or j'avais besoin d'avoir l'esprit libre pour tenter de construire quelque chose avec celui que j'appelais encore John et dont je ne savais pas le nom. Ce détail était parfaitement ridicule, mais c'était comme cela. Je ne savais pas à quoi il ressemblait, comment il s'appelait, quel était son métier. Je savais juste qu'il commençait à me plaire, et ça, c'était vraiment nouveau. Mais pour commencer quelque chose, il fallait savoir finir l'histoire d'avant. Or manifestement, celle avec Sam ne l'était toujours pas. C'était ce qu'il venait de me rappeler. Nous ne nous étions jamais expliqués sur ce qu'il s'était passé et peut-être que lui comme moi avions besoin d'éclaircir la chose pour aller de l'avant, fut-ce dix ans plus tard. Si tel était le cas, je lui devais cela autant qu'il me le devait. Ce serait un service mutuel, en souvenir des bons moments passés ensemble avant que cette dispute ne nous sépare définitivement. Je relus attentivement son dernier mail et commençai à rédiger ma réponse.

« Bonjour Sam,
Ne t'en fais pas, je ne t'écris pas ce mail pour t'insulter ou te rappeler le comportement déplorable que tu as eu quand nous étions adolescents. Je suis maintenant au-dessus de ça, mais j'espère sincèrement pour toi que tu as changé depuis. Si j'accède à ta demande aujourd'hui, ce n'est pas parce que tu es insistant – ce que je déplore et trouve assez cavalier – mais parce que j'espère qu'en discutant avec toi, tu pourras m'enlever un poids, ce quelque chose qui dans ma vie de tous les jours me perturbe encore. Pour toi, ce n'était peut-être rien, mais pour moi, c'est une blessure qui reste gravée dans mon cœur. J'espère que tu n'es pas en train de rire ni même de sourire en lisant ce message. Si tel est le cas, je te prie de ne pas me répondre.
Je ne souhaite cependant pas te voir, ce serait trop douloureux pour moi et risqué pour toi (si si...), tant ma colère est forte encore. Mais si tu le souhaites, je me propose de t'appeler

un soir après le travail. Donne-moi ton numéro de téléphone et un horaire auquel tu es disponible de façon certaine.

Je te remercie par avance de ne pas me réécrire un mail comme celui que tu as envoyé dernièrement, contente-toi de me donner ton numéro, cela suffira. Je n'ai pas de temps à perdre, juste du temps à rattraper.

Alysson »

Je relus mon mail avec attention, corrigeant quelques passages ici et là puis, satisfaite du résultat, j'appuyai sur la touche envoi. Avec vigueur et rapidité, comme un pansement que l'on enlève, comme quelque chose qu'on sait être douloureux, mais qu'il faut faire et le plus rapidement possible. Un petit frisson me parcourut alors que je regardais bêtement le mail passer dans le dossier envoyé. Ça y est, c'était irréparable, je ne pouvais plus reculer. Je venais d'accéder à la demande de l'homme qui avait brisé la confiance que j'aurais dû avoir en moi. J'espérais seulement l'avoir fait pour une raison valable.

Dix minutes plus tard, j'étais toujours en train de regarder mon écran, attendant une réponse de sa part. Miranda me trouva là, l'air un peu hagarde, et elle vint mettre sa tête juste devant moi en agitant les mains.

— Hou hou, il y a quelqu'un ? Allo la terre, ici la lune ! Qu'est-ce que tu nous fais là ? Tu testes l'hypnose ou quoi ?

— Non, répondis-je en la regardant avec un air angoissé. J'ai répondu à Sam, ça y est, je lui ai dit de me donner son numéro de téléphone.

— Oui, et alors ? C'est bien ce qu'on avait décidé, non ? Pourquoi cela te met dans cet état, tu n'es plus sûre de vouloir le faire ? En tout cas, si c'est ça, c'est un peu tard, me gronda-t-elle gentiment.

— Oui, c'est justement ça le problème. Je ne sais pas si j'ai bien fait. Après tout, c'est peut-être un idiot fini maintenant.

— Ah parce que c'est sûr qu'avant, c'était un parfait gentleman d'après ce que tu m'as raconté, répondit Miranda en pouffant de rire. Arrête de t'inquiéter, tu as trop d'imagination. Et ne prête pas aux autres des idées ou des sentiments qu'ils n'ont pas. Attends de voir ce qu'il a à te dire, de toute façon je serai à côté de toi. Ne t'inquiète pas, s'il t'embête, je prends le combiné et crois-moi, il va regretter d'être né !

Cette fois, ce fut à moi de glousser. J'avais vu Miranda en colère une seule fois, mais je pense que la personne qui avait subi ses foudres à ce moment-là s'en rappelait encore. Cela faisait cinq ans.

− 22 −

Ce fut le lendemain matin que je pris la décision d'appeler Sam plutôt toute seule. Toute la nuit, j'avais imaginé notre conversation avec Miranda à côté de moi et une gêne profonde s'était instillée en moi. Nous allions probablement évoquer certaines choses qui, même si je les avais déjà en partie racontées à Miranda, n'avaient pas besoin d'être étalées au grand jour. Après tout, quels risques y avait-il à discuter avec son ex petit ami au téléphone ? C'était vraiment ridicule de vouloir avoir un chaperon. En réalité, c'était surtout dépassé, digne du siècle dernier. Je ne comprenais même pas comment Miranda avait pu vouloir rentrer là-dedans. Elle m'avait bien exprimé son embarras, mais avec douceur et compréhension, et je ne voulais pas abuser de son temps ni de son dévouement. J'imaginais qu'elle devait être aussi gênée que moi et je décidai de lui envoyer un petit texto pour le lui dire, craignant qu'elle aussi ait passé une mauvaise nuit à cause de cela. Une minute après, je reçus un sms qui confirma ma supposition. Elle ne se sentait en effet pas très à l'aise, même si elle me réitérait son soutien si jamais j'en avais besoin. Je la remerciai chaleureusement et lui donnai rendez-vous une heure plus tard au boulot, puis partis prendre une douche. Je prenais toujours ma douche avant de déjeuner. C'était un rituel immuable qui me permettait de me dérouiller tous les matins, d'émerger tranquillement du sommeil, même si cette fois-ci on ne pouvait pas dire que j'avais dormi comme un loir. L'animal qui me venait à l'esprit en repensant à ma nuit était plutôt du type campagnol, animal nocturne par excellence. Autant dire que je n'avais pas beaucoup dormi. Mais advienne que pourra, je décidai de me lancer avec entrain et énergie dans cette nouvelle journée quand mon pied se prit dans le tapis au pied de mon lit, me faisant trébucher lamentablement. Une fois à terre, je palpai ma cheville afin de vérifier qu'elle était toujours entière au vu de l'élancement que je commençai à ressentir, mais aucune blessure n'était visible. J'essayai de me relever doucement, m'appuyant sur le bord du lit, mais une douleur fulgurante traversa l'extrémité de ma jambe. Je poussai un petit cri suraigu et regardai de nouveau ma cheville qui, en quelques secondes, avait commencé à gonfler. Elle était énorme. L'entorse ! La petite douche zen du matin allait devoir attendre. J'essayai de sautiller jusqu'à la salle de bains pour mettre une crème anti-inflammatoire, mais son application me brûla instantanément et je me dirigeai vers la cuisine en me disant qu'une poche de glace ferait mieux l'affaire. Ayant gardé mon téléphone dans la poche, j'appelai Miranda une fois que ma cheville fut emmaillotée dans deux sachets de petits pois surgelés. Magnifique ! Avec ça, j'étais au taquet pour reprendre rendez-vous avec mon ex et régler mes anciens traumas. La théorie de l'emmerdement maximal. Je m'en voulu de ne penser que dans un second temps à mon prochain rendez-vous avec John, qui serait sans doute plus compliqué avec des béquilles. Mais rien d'impossible pour qui le voulait vraiment. Miranda me répondit tout de suite.

— Alors ma chérie, je te manque déjà ? Tu ne peux pas attendre une heure avant de me parler, c'est ça ? Qu'est-ce qu'il se passe ?

— Tu ne vas pas me croire…

— Alors attends, je vais essayer de deviner, j'adore ça. Tu viens enfin de savoir qui est ce scribouillard, c'est ça ?

— Non, tu n'y es pas du tout. Je viens surtout de comprendre que je suis une grosse gourde. Je me suis lamentablement vautrée en sortant de mon lit. Tu y crois toi ? A peine le pied posé à terre, j'étais déjà en train de me casser la figure. Une super journée qui commence !

— Et ça va ? Tu t'es cassée quelque chose ? Tu veux que je vienne ? demanda Miranda inquiète.

— Alors je te rassure, ce n'est pas cassé, mais je commence à gonfler, je pense qu'il y a quand même un problème. J'ai mis de la glace dessus, ça fait sacrément mal et je ne peux pas marcher.

— J'arrive tout de suite. Juste le temps d'enfiler mes vêtements.

L'image de Miranda venant me voir sans ses vêtements s'instilla avec force dans mon esprit. La voir débarquer en nuisette (ou pire) chez moi, me ferait une sacrée réputation parmi mes voisins. Déjà que celle-ci n'était pas glorieuse, je ne tenais pas en plus à susciter les commérages malveillants de gens qui n'avaient rien d'autre à faire que de regarder par la fenêtre ce qui se passait en dehors de chez eux.

À peine une demi-heure plus tard, j'entendis la voiture de Miranda qui se garait en face de chez moi. Par la fenêtre de l'immeuble, je la vis sortir et se précipiter pour sonner à la porte. Et mince, j'avais oublié que j'avais du mal à me déplacer. Je pris mon téléphone pour lui envoyer un SMS et lui dire que j'arrivais. Je mis presque deux minutes pour atteindre l'interphone et parvenir à lui ouvrir. Quelques instants plus tard, elle était sur le pas de la porte, toute essoufflée.

— Et ben, on dirait qu'il te faut plus de course, tu n'arrives même plus à monter mes étages sans être à bout de souffle, lui dis-je.

— Je vois que tu n'as pas perdu ton sens de l'humour, c'est que ça ne doit pas être trop grave, me répondit-elle en regardant ma cheville, haussant les sourcils devant l'étendue du désastre. Je crois que je vais t'emmener direct à l'hôpital, tu as vu la tronche de ton truc, là ?

— Hors de question, répondis-je les bras croisés en espérant être convaincante. Je déteste les urgences, je n'ai absolument pas envie d'aller à l'hôpital pour ça. C'est juste une entorse. De la glace, un bandage chez le médecin et ça ira comme ça.

Elle me regarda circonspecte et acquiesça finalement.

— OK, on va faire comme ça. J'appelle ton toubib.

Elle composa directement le numéro sans me laisser le soin de répondre et alla dans la pièce à côté. Elle revint quelques minutes plus tard.

— J'ai eu la secrétaire de ton médecin, il faut quand même que tu passes une radio à l'hôpital. Allez hop, on file aux urgences. Habille-toi un peu, je ne vais quand même pas t'emmener comme ça. Je vais t'aider.

Joignant le geste à la parole, elle sortit deux ou trois vêtements non sans secouer la tête devant leur manque d'originalité. Elle ne pouvait décidément pas s'en empêcher. M'habiller ne fut pas une partie de plaisir et la douleur me fit grimacer plus d'une fois. Finalement, c'était peut-être quand même cassé.

— Et Zelda ? Qu'est-ce que je vais en faire si je vais aux urgences ? demandai-je à Miranda avec inquiétude.

— Eh bien Zelda va rester toute seule pendant que sa maîtresse va se faire soigner. Elle y arrivera très bien. On reviendra la chercher avant d'aller au boulot tout à l'heure.

— OK, tu as gagné. De toute façon, j'ai besoin de toi pour me rendre au boulot, j'ai besoin de toi pour m'habiller, je risque clairement d'avoir besoin de toi pour faire mes courses, alors je n'ai pas vraiment le choix. C'est parti, on y va. Tu peux me soutenir un peu dans les escaliers ?

— Je pense que j'ai intérêt à le faire, sinon tu risques de tout débouler d'un coup, et ce ne sera pas une cheville qui sera cassée cette fois, mais bien plus.

Après avoir manqué de faire des cascades dans l'escalier, je montai péniblement dans la voiture de Miranda et nous nous rendîmes aux urgences. Comme prévu, il y avait au moins trois heures d'attente, rien à lire, rien à manger, rien d'autre à faire que de regarder les gens arriver et partir, dans un plus ou moins bon état. Un poivrot mettait de l'ambiance de temps en temps. Je m'en amusais, tandis que Miranda stressait en se recroquevillant sur elle-même. Elle avait toujours eu peur des marginaux. Pour ma part, je les trouvais plutôt intéressants à observer. Ils m'apitoyaient aussi, car je me disais que ce n'était pas de leur faute s'ils en étaient arrivés là. La plupart de ces destins n'étaient que le résultat d'une vie cabossée. Que serais-je devenue si mes parents m'avaient battue, si je n'avais pas eu de travail, si je n'avais pas pu faire d'études ? Je n'en savais rien, mais peut-être aurais-je fini dans un couloir d'hôpital à hurler ma peine et mon désespoir de cette façon.

Les seuls moments agréables aux urgences, c'est quand un jeune interne vient vous voir, vous sourit et que vous vous apercevez qu'il est beau comme un dieu. Ça, c'est le côté plutôt chouette. Le côté moins sympa, c'est quand l'interne en question est une fille, qu'elle ne sait pas faire des anesthésies, et que le diagnostic qu'elle vous donne implique justement de devoir en faire une.

— Quoi ? Il est hors de question que vous me fassiez une piqûre dans la cheville pour ça, me défendis-je, regardant la jeune femme droite dans les yeux.

— C'est-à-dire, Madame, que le médecin va faire des tests de flexion sur votre cheville pour voir si les ligaments et les tendons sont toujours en état. On peut faire une radio, mais il y a des choses qu'on ne voit pas, notamment cela. Je veux bien que vous fassiez ces examens sans anesthésie, mais je vous préviens, vous allez avoir sacrément mal.

— Vous venez de me dire que vous ne saviez pas faire les anesthésies !

— Je n'ai pas dit ça, j'ai dit que j'étais en train d'apprendre. Nuance, s'énerva-t-elle.

— Allez me chercher votre responsable, je ne veux pas que ce soit vous qui me la fassiez, insistai-je apeurée.

Miranda me mit une main sur l'épaule, tentant de me calmer. Je commençais à en avoir ras-le-bol. J'étais à deux doigts de me lever et de partir, si tant est que j'eus pu le faire.

— Écoutez Madame, soit je vous fais une anesthésie, soit vous n'en aurez pas, c'est à vous de choisir. Une fois que le médecin sera là, il sera trop tard. Il fera les examens et tant pis pour vous si vous avez trop mal. Je n'y pourrai plus rien.

— Il ne pourra pas faire l'anesthésie lui-même ? demandai-je.

— Non, le temps que ça fasse effet, il faut environ un quart d'heure. Je ne sais pas si vous avez remarqué, mais vous êtes aux urgences. Ici, on doit aller vite. Le médecin n'a pas le temps d'attendre un quart d'heure. C'est pour ça que c'est moi qui m'en charge. Alors ? Parce que moi non plus je n'ai pas que ça à faire !

— OK, grommelai-je sans conviction. Allez-y. Vous avez intérêt à ne pas me faire trop mal.

— Justement, c'est pour éviter de vous faire mal que je fais ça. Alors arrêtez de couiner comme une enfant, ils sont bien plus faciles à soigner que vous !

Heureusement pour elle, elle n'était pas si maladroite que ça et je ne sentis quasiment rien. J'eus honte de mon comportement et haussai les épaules d'un air désolé en lui faisant un demi sourire quant elle eut fini. Elle me répondit juste par un hochement de tête et partit, me laissant là comme une idiote.

— Tu ne l'as pas volé, me dit Miranda en lisant dans mes pensées.

— OK, c'est bon. C'est vrai que j'étais un peu à cran, mais tu aurais ta cheville comme la mienne, je pense que tu ne serais pas forcément dans un bon état mental.

Nous attendîmes environ vingt minutes. Je ne sentais quasiment plus ma cheville quand un jeune médecin débarqua dans le box. Une apparition. Environ trente ans, les cheveux blonds, le regard bleu azur et un sourire au fond des yeux. Il me tendit la main avec chaleur. J'eus l'impression qu'aucun mot ne pourrait sortir de mes lèvres tellement je le trouvais beau. Miranda me donna un petit coup de coude peu discret et je tendis la main pour serrer celle du médecin, toujours en suspension dans l'air.

— Bonjour Madame, je suis le médecin de garde aujourd'hui. Alors, qu'est-ce qu'il vous est arrivé ?

— Heu, bredouillai-je lamentablement en préambule, je suis tombée.

— Elle est tombée de son lit en se levant, précisa Miranda.

Je la regardais les yeux grands ouverts, secouant légèrement la tête. Je n'avais pas du tout envie de me ridiculiser ainsi. Mais c'était trop tard. J'entendis le médecin s'esclaffer. C'était bien ma veine, j'étais tombée sur un petit rigolo. Le fait de rire le rendait qui plus est encore plus charmant.

— Ça n'a pas l'air bien grave, dit-il en constatant que ma cheville bougeait bien, la palpant avec douceur.

Cela faisait longtemps qu'un homme ne m'avait pas touchée ainsi et ce simple contact me fit frissonner.

— Vous avez froid ? reprit-il. Cela doit être le choc, la douleur peut faire ça des fois. Est-ce qu'on vous a donné un anti-douleur ?

— Non, on ne m'en a pas proposé, mais votre collègue m'a fait une anesthésie.

— Oui, on m'a raconté ça, dit-il en pouffant de rire sans même se cacher.

— Vous devriez tout de même éviter de vous moquer de vos patients, cela ne fait pas très sérieux. Mais je sais que je l'ai mérité, lui dis-je avec un petit sourire, les joues légèrement rosies. C'est juste que j'ai eu une mauvaise expérience une fois aux urgences.

— Ne vous justifiez pas, ce n'est pas bien grave. On a l'habitude ici. Vous n'êtes pas la pire patiente qu'on ait eu aujourd'hui, ne vous en faites pas.

— J'imagine, oui. J'en ai vu quelques-uns pas piqués des vers.

Il continuait à me tordre la cheville dans tous les sens, mais je ne sentais quasiment rien. Je ne savais pas si c'était une bonne chose ou pas d'ailleurs.

— Je vois de qui vous voulez parler, dit-il, toujours sans me regarder, absorbé par la contemplation de ma cheville qui n'était pourtant pas belle à voir. Mais vous savez, en tant que médecin, mes patients les plus difficiles sont surtout ceux que je ne peux pas sauver. Malheureusement, aux urgences, cela arrive.

Cela jeta un froid immédiat. Il s'arrêta de sourire et l'espace d'un instant, son visage exprima l'empathie dont il devait être pétri pour faire ce genre de métier.

— Alors, lui demandai-je pour changer de sujet, ma cheville, ça donne quoi ? C'est cassé ou pas ?

— Non, je ne pense pas, vous avez de la chance. C'est juste une entorse, ça devrait vite se remettre. Vos tendons ne sont pas atteints. Il y a une petite élongation d'un ligament, c'est tout. Cela devrait vite dégonfler. Si vous le voulez, je peux vous faire une piqûre d'anti-inflammatoire pour accélérer la chose. Mais je vous conseille plutôt de mettre de la glace si vous n'avez pas trop mal. L'anesthésie disparaîtra dans quelques heures, et en attendant, il ne faut pas que vous marchiez sans béquilles. Vous risqueriez de vous retrouver de nouveau par terre.

— Je vais devoir garder les béquilles longtemps ?
— Une semaine environ.
— En tout cas ça me fait sacrément mal, petite entorse ou pas !
— Ce n'est jamais très agréable en effet. Essayez de tenir sur vos jambes la prochaine fois ! Au revoir Madame.

Il tourna le dos et repartit vers d'autres box où d'autres malades l'attendaient avec impatience. J'avais un peu honte de l'avoir dérangé pour si peu.

— Tu vois, dis-je à Miranda, ce n'était franchement pas grand-chose. Dire qu'on a attendu trois heures pour ça, j'ai même honte de les avoir dérangés pour si peu.

Miranda était finalement partie travailler toute seule. Le médecin m'avait donné un antidouleur qui m'avait bien relaxé. C'était le moins que l'on puisse dire. Je me sentais comme sur un petit nuage, j'avais l'impression de flotter dans les airs et la douleur de ma cheville n'était plus qu'un vague souvenir. Ma clarté d'esprit avait pris le même chemin. Miranda avait insisté pour que je reste chez moi à me reposer sur le canapé, lovée entre mon chien et mon chat. Eux étaient bien contents que je sois là sans bouger, entièrement à leur disposition pour leur prodiguer les caresses qu'ils aimaient tant. Pour moi cependant, c'était difficile. Je n'avais absolument pas l'habitude de rester ainsi sans rien faire et je me demandais comment j'allais occuper cette journée et les deux ou trois qui suivraient le temps que ma cheville veuille bien se remettre. Certes, je pouvais encore claudiquer dans mon appartement, mais c'était quand même très limité. Perdue dans mes pensées, je fus soudain tirée de ma rêverie par Zelda qui venait de bondir sur le parquet et me regardait avec un air enjoué en remuant la queue. Mince ! J'avais oublié qu'il fallait la sortir. Comment allais-je faire ? J'avais trois possibilités. Soit je ne faisais rien et la catastrophe était imminente, d'autant que j'aurais du mal à nettoyer par terre sans me faire mal, soit je demandais à ma sympathique voisine de sortir la petite chienne à ma place, soit je tentais moi-même l'aventure. Cette dernière possibilité, ainsi que la première d'ailleurs, me semblaient proprement irréalisables. Descendre les trois étages à cloche-pied avec un chiot dans les pattes me semblait la façon la plus efficace pour retourner direct aux urgences. Bien que le gentil et joli médecin soit peut-être encore là, je n'en avais tout de même pas envie. Je tournai la tête, regardant Zelda, qui, sans se soucier le moins du monde de mes ruminations mentales, allait et venait maintenant entre la porte et le canapé. Elle ne devait absolument pas comprendre ce qui clouait ainsi sa maîtresse sur le sofa. Je décidai donc d'appeler ma voisine du dessous à la rescousse. C'était une gentille vieille dame, qui avait dans les 75 ans bien tassés, mais qui gardait une forme physique éblouissante. Elle forçait régulièrement mon admiration quand je la voyais sortir par tous les temps, armée de sa canne et de son manteau de pluie lors des mauvais jours. Elle avait encore le teint rose poupon et ses grands yeux verts pétillaient d'une énergie étonnante. Grande lectrice, nous discutions souvent des livres qu'elle avait lus et il m'arrivait de lui en conseiller certains. Régulièrement, je lui apportais des petits gâteaux à la cannelle que j'aimais tant confectionner. Cette vieille dame était comme la grand-mère que j'avais perdue trop tôt. Enjouée et pleine de vie, c'était quelqu'un qui avait le contact facile et qui, malgré sa vie difficile et le fait qu'elle était veuve, était quelqu'un de profondément ouvert sur les autres et le monde. Je l'admirais vraiment. J'avais quelques scrupules à lui demander de sortir Zelda pour moi, mais je savais aussi que cela lui ferait plaisir de pouvoir m'aider et de s'occuper un peu de cette petite bouille d'amour.

Je pris mon téléphone et composai son numéro. Elle me répondit au bout de deux sonneries, ravie de pouvoir me rendre service comme je l'avais imaginé. Quelques minutes plus tard, elle sonna et je vins lui ouvrir, non sans mal.

— Eh bien, ma petite, mais qu'est-ce que vous avez fait là ?

— Rien de bien grave, ne vous en faites pas, je suis juste tombée par terre et ma cheville a pris un petit coup. C'est une entorse. Mais ça devrait vite passer. C'est vraiment super gentil de bien vouloir descendre Zelda pour moi. Ce sera juste l'affaire d'un ou deux jours, j'ai des anti-inflammatoires et des antidouleurs, ça devrait vite aller mieux d'après ce que m'a dit le médecin, lui répondis-je.

— Ne vous en faites pas, ça me fait vraiment plaisir. Et puis votre petite chienne est tellement mignonne ! Vous savez, à votre âge, moi aussi j'avais un chien. Il était un peu plus gros que ça par contre, dit-elle en prenant Zelda dans ses bras.

La petite chienne était aux anges et lui lécha le visage avec entrain. La vieille dame la reposa, reprit sa canne, prit la laisse et le collier et le lui mit sans difficulté. C'était à peine si Zelda ne sauta pas dans son collier d'elle-même tellement elle avait envie de sortir et de s'amuser dehors.

Je les regardai partir toutes les deux le sourire aux lèvres. C'étaient des petits moments de bonheur comme ceux là qui faisaient qu'une vie était riche et remplie. Ce n'était pas forcément grand chose, mais c'était juste et vrai. Une fois seule, je revins m'asseoir sur le canapé où Colombo dormait toujours, n'ayant même pas daigné ouvrir un œil pour regarder la scène qui venait de se dérouler. Ce chat passait 22 heures sur 24 à dormir, c'était tout bonnement incroyable. Je me demandais comment il arrivait à nourrir son imaginaire pour construire ses rêves durant le peu d'éveil qu'il avait chaque jour. Mais manifestement, cela lui convenait bien comme ça.

J'avais un peu de temps et je décidais donc de contacter Sam par téléphone. J'avais besoin de me débarrasser de ça tout de suite. La promenade de Zelda durerait sûrement une petite demi-heure. Je connaissais bien les habitudes de ma voisine, elle faisait peu ou prou le même chemin chaque matin et un différent l'après-midi. Une demi-heure montre en main. Sam m'avait répondu en m'envoyant uniquement son numéro de téléphone. Il ne s'était pas étendu dans son mail cette fois-ci, ce qui ne m'avait pas déplu. J'aurais été légèrement froissée qu'il en remette de nouveau une couche. Ce n'était pas dans son intérêt, il avait eu ce qu'il voulait après tout. Un entretien avec moi, fût-il au téléphone.

J'avais besoin de me mettre en condition, car cela me stressait tout de même beaucoup. J'essayais de me remémorer son physique avantageux, la couleur de ses yeux, la douceur de ses lèvres aussi, mais tout ce qu'il me restait de lui était son dos, que j'avais fixé lorsqu'il était reparti, me laissant là après notre premier baiser. Ce dos, je m'en souvenais parfaitement. Sa forme, sa carrure, le manteau qu'il portait, tout cela était resté gravé en moi contrairement au reste. C'était une sorte de biais cognitif, les souvenirs douloureux étaient bien plus profondément ancrés que les autres. Certains psychologues expliquaient cela par des mécanismes de protection que notre espèce avait développés tout au long de son évolution pour pouvoir survivre. Les dangers, ce qui était négatif, étaient plus facilement fixés dans notre mémoire.

Quand, confortablement assise dans mon fauteuil, m'étant mis un petit plaid sur les jambes pour me réconforter, je pris le téléphone, mon cœur battait la chamade. Arriverais-je à conserver les idées claires en parlant à l'homme que j'avais aimé et qui m'avait fait tant de mal ? Il répondit tout de suite, et j'eus l'impression qu'il avait attendu cet appel autant que je l'avais redouté. Sa voix déclencha en moi un frisson, dont je ne savais s'il était positif ou négatif.

— Allo ?

— Bonjour Sam, commençai-je ne sachant pas trop quoi dire.

— Salut Alysson, répondit-il de façon enjouée. C'est vraiment super sympa de m'appeler, j'avais vraiment peur que tu ne le fasses pas.

— Tu sais bien que je suis quelqu'un de parole.

J'eus envie d'ajouter que ce n'était pas son cas, mais je me retins. Ce n'était pas l'objet de cet appel. Il fallait surtout que je sache ce qu'il voulait.

— Oui, je m'en souviens. Encore une fois, je m'excuse pour mon comportement d'il y a dix ans.

— Écoute, tu m'as déjà écrit plusieurs mails en ce sens, maintenant ce que j'aimerais savoir, c'est pourquoi tu veux absolument me parler. Pour tout te dire, cela m'a limite inquiétée. J'ai même cru que cela pouvait ne pas être toi. Je ne te comprends pas. On a tiré un trait là-dessus non ? Tu recherches quoi exactement ? m'impatientai-je.

— Je sais que ça peut paraître bizarre, dit-il en soupirant, mais j'avais vraiment besoin de reprendre contact avec toi. Pour le moment, je ne peux pas vraiment te dire pourquoi, mais je t'assure que c'est extrêmement important. Et quand tu le sauras, tu comprendras aussi. J'en suis sûr.

Je restais silencieuse, qu'est-ce que c'était que cette histoire ? Pourquoi tant de mystère ? Que se passait-il dans sa vie de si important et dramatique pour qu'il ait besoin de me recontacter ainsi sans même pouvoir me l'expliquer ? Pour moi, l'objectif de cet appel était justement qu'il m'explique. S'il ne pouvait pas le faire, à quoi cela servait-t-il ?

— C'est un peu fort de café, tu ne crois pas ? Tu me recontactes alors que c'est toi qui m'as planté lamentablement il y a dix ans, tu me supplies de te parler, et quand je t'ai au bout du fil, tu n'es même pas capable de m'expliquer le pourquoi du comment ! Tu crois vraiment que j'ai du temps à perdre ? J'exige une réponse et maintenant.

— Écoute, dit-il embarrassé, si tu veux tout savoir, j'ai un problème, un gros problème. Quelque chose de grave qui m'est tombé dessus, et je ne sais pas comment réagir. Comme je te le disais, pour l'instant, j'ai du mal à te le dire, peut-être peux-tu le comprendre puisqu'on ne s'est pas parlé depuis longtemps. Mais pour ce problème là, tu es très importante. Je sais que tu peux m'aider, et c'est pour ça que je t'ai contactée.

— Je ne comprends rien Sam, de quel problème est-ce que tu parles ? Est-ce que tu as un souci lié à ton travail ? Tu as vu que j'étais éditrice et tu travailles dans le domaine, c'est ça ?

— Non, pas du tout, je suis menuisier.

— Menuisier, repris-je intéressée, c'est un beau métier, je ne t'aurais pas imaginé dans quelque chose de manuel.

— Je crois que tu ne m'aurais pas imaginé non plus dans quelque chose d'intellectuel ! s'amusa-t-il.

J'esquissai un sourire. En effet, je ne l'avais jamais considéré comme particulièrement intelligent, et le fait qu'il puisse en rigoler maintenant me le rendait sympathique.

— Qu'est-ce que tu fais en menuiserie ?

— Un peu de tout, je répare des portes et des fenêtres, je fais des meubles sur commande, et là je me suis inscrit à un cursus d'art. J'aimerais travailler dans les églises pour retaper les retables. Il y a de quoi faire et c'est quelque chose qui m'intéresse. Savoir choisir les bonnes essences, les bonnes patines, essayer de fondre son travail dans celui du maître qui a œuvré des siècles auparavant et faire revivre les œuvres qu'on a devant soi, c'est ça qui me motive.

— Eh bien, tu m'en bouches un coin, je l'avoue. Je ne t'aurais jamais imaginé avoir la fibre à la fois historique et artistique. C'est beau comme projet. Tu t'en sors bien financièrement ?

— Oui, j'ai pas mal de travail. J'ai même embauché un apprenti ces derniers temps. Et toi, ta boîte d'édition ? Ça aussi c'est un sacré truc. Contrairement à toi, comme je te l'ai dit, cela ne m'a pas étonné que tu travailles là-dedans.

— C'est aussi pas mal de travail, mais comme toi, cela fonctionne, je commence à avoir une petite notoriété, même si c'est vrai que c'est difficile de percer et surtout d'avoir de bons auteurs. J'ai pas mal de manuscrits qui m'arrivent, mais j'avoue que la plupart sont encore assez inachevés. Cependant, j'ai quelquefois des petites pépites qui méritent vraiment d'être publiées. C'est pour ça que je fais ce boulot, pour arriver à les dénicher. Le bouche-à-oreille commence à fonctionner et j'ai un bon contact avec mes auteurs. Du coup, ils me sont fidèles et restent dans la boîte. Pour le moment en tout cas. Tu lis beaucoup ?

— Non, je ne vais pas te mentir, répondit-il. Je ne lis pas plus qu'avant. Essentiellement des BD, j'imagine que ce n'est pas trop ce que tu recherches chez un homme.

Je restai un peu interloquée. Pourquoi me disait-il ça ?

— En effet, répondis-je pour couper court à toute tentative au cas où. Tu es marié ? Tu as des enfants ?

— Je n'ai pas d'enfants non. Et toi ?

Je ne sus que répondre tout de suite. Allais-je lui dire que je fréquentais un homme dont je ne connaissais pas le prénom et que je n'avais en quelque sorte jamais vu ? Je me sentis ridicule. Surtout vis-à-vis de Sam. Cela lui montrerait à quel point j'étais pitoyable, à quel point je n'avais pas réussi à faire ma vie.

— Je ne suis pas mariée, répondis-je sans réfléchir. Mais on n'est pas au téléphone ensemble pour se raconter notre vie sentimentale je suppose. Je sais que je peux te paraître un peu braque, mais je te le répète, j'aimerais que tu me dises ce que tu recherches en reprenant contact avec moi. Au moins que je sache si je peux te donner ce que tu attends ou si on perd notre temps tous les deux.

— Je suppose que j'attends ton pardon en fait. Je m'en veux encore de ce que je t'ai dit. Tu sais, tout n'était pas vrai.

— Tu n'avais pas couché avec ma meilleure amie ? lui demandai-je avec agressivité.

— Euh, ça, si, c'était vrai. Mais c'était avant toi, je ne me serais jamais permis de sortir avec elle pendant notre relation.

— Là, tu vois, tu m'énerves déjà. Quel que soit le moment où tu étais sorti avec elle, tu aurais dû me le dire. Et elle surtout, aurait dû me le dire. Je lui confiais mes états d'âme, je lui parlais de toi et du premier baiser que j'espérais et redoutais tant, même si cela te paraît peut-être encore maintenant ridicule et prude. Je racontais tout ça à une fille avec qui tu avais partagé une intimité bien plus importante, qui connaissait chaque recoin de ta peau. Je la revois encore m'écouter innocemment. Elle devait bien se foutre de moi ! Et toi aussi d'ailleurs ! J'imagine que vous vous êtes bien marrés ensuite tous les deux. J'ai été la risée du lycée. Tout le monde disait que j'allais entrer dans les ordres !

— Ce n'était pas le cas ? demanda-t-il avec une innocence qui me désarma.

— A ton avis ? Tu crois que je suis une nonne là ? Non, mais je rêve ! Tu as vraiment cru à ces rumeurs alors ? Toi ?

— Euh... commença-t-il gêné. Tu sais, je ne savais pas trop quoi penser. Tu m'as rejeté dès que j'ai posé les mains sur toi plus bas que les épaules et tu as ensuite coupé les ponts avec ta meilleure amie.

— Ma seule amie, tu peux le dire. Je n'ai pas coupé les ponts. Elle s'est fichue de moi et je me suis mise en colère. Elle m'a menti et m'a humiliée, et toi aussi. Voilà ce qu'il s'est passé ! Et non contente de ça, elle a ensuite détruit ma réputation.

— En général Alysson, la réputation détruite d'une fille au lycée, c'est plus dans l'autre sens. Au contraire, elle t'a fait une réputation de sainte en quelque sorte. Du coup, c'est sûr que… la plupart n'osaient plus t'approcher, en fait.

— Je me suis sentie tellement seule tout le reste de l'année. Je ne méritais pas cela, vraiment… répondis-je avec tristesse.

Les larmes commencèrent à rouler sur mes joues et ma voix se brisa. Je respirais quelques instants pour reprendre une contenance. J'avais peur que Sam ne profite de ma faiblesse pour me faire du mal.

— Je suis désolé, encore une fois, répondit Sam au bout de quelques instants. J'ai été lâche. Je savais que tu n'allais pas rentrer dans les ordres, mais… je n'ai rien dit pour ne pas me faire mal voir d'Amanda. Elle était mon amie, malgré notre rupture.

— Ton amie ? Plus que ça apparemment, en tout cas tu l'as clairement faite passer avant moi ! Pour l'instant, je ne vois vraiment pas ce que cela m'apporte de discuter avec toi, tu ne fais que remuer un passé que je veux oublier. Je pense qu'on va arrêter les frais, ce n'était pas une bonne idée. Tu m'as plantée et ne m'as jamais demandé de nouvelles ensuite.

— Attends. Je ne comprends pas, tu m'as demandé de te laisser tranquille, tu m'as écrit un mail pour me le dire !

— Quoi ? Mais qu'est-ce que tu racontes ? Je ne t'ai jamais écrit de mail ensuite ! J'attendais de tes nouvelles, j'attendais que tu t'excuses, mais rien. Je n'ai jamais rien reçu de toi. Et je ne t'ai rien envoyé.

— C'est bizarre. Est-ce que tu as trouvé le papier sur ta voiture ? demanda Sam précipitamment.

— Euh, oui, comment le sais-tu ? C'est toi qui l'as mis alors ?

— Oui, c'est bien moi. Je pensais que tu t'en souviendrais en fait, répondit-il.

— Que je me souviendrais de quoi ? C'est censé me rappeler quelque chose ? Cela m'a juste fait flipper.

— Tu ne te souviens vraiment pas ? Un papier jaune que j'avais mis sur le pare-brise de la voiture de ton père, le lendemain de notre premier baiser...

Je me mis à fouiller ma mémoire à la recherche de l'anecdote en question, mais rien ne me vint.

— Désolée, je ne me souviens pas de ça. Le lendemain de notre premier baiser, tu n'étais plus là à ce que je sache, lui répondis-je amère.

— Alysson, je t'avais mis un mot, qui disait exactement la même chose que celui que j'ai déposé sur ta voiture dernièrement. Et en réponse j'ai reçu un mail de toi me disant de te foutre la paix, que je ne te méritais pas.

— Mais qu'est-ce que tu racontes ? Tu as bu ou quoi ? Je te dis que je n'ai jamais eu ce papier entre les mains. Je m'en souviendrais quand même si mon premier petit ami, celui qui venait de me jeter comme une vieille chaussette, avait voulu me recontacter, tu ne crois pas ?!

— Alors je ne vois que trois solutions. Soit tu es sénile, mais tu es un peu jeune pour ça, soit je suis fou à lier et j'invente tout, soit quelqu'un a trouvé ce mot, l'a pris et m'a écrit un mail en ton nom, déduisit Sam.

Ce qu'il venait de me dire me fit comme un coup au cœur. Si ce qu'il disait était vrai, quelqu'un m'avait volontairement empêchée de le revoir. Et si tel était le cas, qui cela pouvait-il bien être et surtout pourquoi avait-il fait cela ? Par jalousie ? Par méchanceté gratuite ?

— Cela me semble dingue ton histoire. Tu as oublié la deuxième hypothèse...

— Laquelle, demanda-t-il hésitant.

— Que tu n'aies jamais mis ce mot sur le pare-brise de mon père.

— Dis tout de suite que je suis un menteur, je t'assure que je t'ai laissé un papier. Je me sentais mal suite à notre rupture, je m'en voulais vraiment.

— Je m'en doute. Mais tu sais…

— Oui ? demanda-t-il d'une voix douce.

— Moi aussi je m'en suis voulue. D'être aussi rétrograde, de ne pas avoir osé aller plus loin comme toutes les filles de mon âge, de m'être enfermée dans cette obsession du mariage à tout prix. Je ne suis plus tout à fait comme ça, j'ai évolué depuis, mentis-je à moitié.

— J'imagine, répondit Sam. Mais sache quelque chose : tu n'as strictement rien à te reprocher. C'est moi qui n'ai pas agît correctement, pas toi. J'aurais dû être compréhensif, apprendre à mieux te connaître, et qui sait, si ça se trouve, on se serait peut-être marié !

Je pouffai de rire et me repris tout de suite, percevant ce que cela pouvait avoir d'insultant pour lui.

— Désolée, cela m'a échappé, dis-je d'une voix qui se voulait repentante, tout en souriant toujours.

— T'en fais pas va, je le mérite bien, et puis c'est vrai que c'est drôle de nous imaginer mariés ! Heureusement pour toi, j'ai le sens de l'humour, c'est déjà ça.

— Merci de ne pas mal le prendre. Mais pour en revenir au mot sur la voiture de mon père, si tu l'as bien mis, je ne l'ai pas eu. Donc quelqu'un l'a pris. Quelqu'un qui me connaissait assez pour avoir aussi accès à mes mails. Et je ne vois qu'une personne qui aurait pu faire ça…

— Qui ? demanda Sam avec une voix plus sourde.

— Amanda. Je lui avais donné mes codes un jour où on était chez elle. C'était une sorte de pacte d'amitié et de confiance. On s'était échangé nos mots de passe. Bien sûr, on avait promis de ne pas les utiliser sauf en cas d'extrême urgence, mais avec ce que tu me dis là, je pense que c'est elle qui a dû t'envoyer ce mail.

— Mais comment aurait-elle su pour le mot ? demanda Sam.

— Je ne sais pas, on était presque voisines, peut-être qu'elle passait au moment où tu l'as mis et qu'elle a été voir par curiosité. Je lui avais raconté notre rupture le lendemain et ça s'était mal passé entre nous suite à ça, mais je n'ai pas trop envie de te raconter en détails. Je pense que pour se venger, elle nous a éloignés pour toujours. Tu sais, je t'aurais répondu si j'avais trouvé ton message.

— Franchement, cela me fait du bien que tu me dises ça, Alysson. Vraiment.

— Et cela me fait du bien de savoir que tu as cherché à me revoir. Mais quelle idiote j'ai été ! Je n'en reviens pas de m'être faite avoir de la sorte. Quand je pense à tout le mal que je me suis infligé ensuite, j'ai toujours cru que je n'étais digne de personne, que je ne valais rien.

Des larmes coulèrent sur mes joues et je reniflai bruyamment, ne cherchant même pas à cacher ma détresse.

— Ne pleure pas, s'il te plaît, j'ai toujours du mal à voir pleurer une femme sans pouvoir la prendre dans mes bras.

Je clignais des yeux, pensive. M'imaginer me lover contre Sam n'était pas au dessus de mes forces. Quelque chose avait changé dans mon esprit, c'était comme si j'étais revenue en arrière, comme si le prince charmant qu'il avait représenté était de nouveau présent dans ma vie, comme si enfin, je pouvais aimer.

— Mais tu ne me vois pas, alors il n'y a aucune chance que tu me prennes dans tes bras, répondis-je en reniflant.

— Si, Alysson, je te vois. Je n'ai pas besoin de mes yeux pour cela, j'entends ta détresse. Je suis content qu'on ait réussi à parler tous les deux, même si tu pleures. Je sais que ça t'a fait du bien, et à moi aussi. Je me sens mieux maintenant. Moins coupable sûrement. Je comprends pourquoi tu ne m'as pas recontacté. Parce que moi aussi, je me posais des questions.

— Pourquoi Amanda aurait-elle fait ça ? Était-elle toujours amoureuse de toi ?

— Je ne sais pas, répondit-il gêné. Je… j'ai un rendez-vous chez le médecin, il faut que je parte, sinon je vais être en retard. Merci beaucoup de m'avoir téléphoné. Il faut absolument que l'on se voit à présent, qu'est-ce que tu en dis ?

— Écoute, j'ai besoin de réfléchir, tout ça me fait beaucoup de choses à digérer à la fois. J'ai ton mail de toute façon, et ton téléphone. Je te recontacterai, ne t'en fais pas, le rassurai-je.

— Sans faute ?

— Sans faute.

Il raccrocha, me laissant perdue dans mes pensées. La première chose à laquelle je commençai à réfléchir était le fait qu'il avait mentionné un rendez-vous chez le médecin. Ce n'était pas anodin, c'était peut-être en rapport avec sa volonté pressante de me revoir et de me parler, de s'excuser pour se racheter une conscience. Peut-être était-il vraiment en train de mourir finalement. Je claudiquai jusqu'à mon réfrigérateur, me sortis une canette de bière et m'en servis un verre. Je n'en revenais toujours pas qu'Amanda m'ait fait cela. Sa trahison n'avait décidemment eu aucune limite. Elle ne s'était pas contentée de me pourrir la vie, elle m'avait tout simplement éloignée de celui dont j'étais amoureuse, et même si notre rupture avait bien entendu sonné le glas de mes sentiments pour Sam, j'aurais aimé que nous puissions nous reparler avant aujourd'hui. J'aurais voulu recevoir son mot, savoir qu'il ne m'avait pas laissée tomber aussi brutalement. Mais la question qui me taraudait maintenant était surtout de savoir pourquoi je m'étais construite en fonction des sentiments qu'un garçon avait eus ou n'avait pas eus pour moi dix ans auparavant. Pourquoi je n'étais pas capable de m'aimer comme j'étais, de vivre ma vie indépendamment de ce qui m'était arrivé avant ? L'appel de Sam avait été une bouffée d'oxygène pour moi, et même cela m'était désagréable. Je me sentais dépendante du regard des autres. Ne pouvais-je pas exister en tant qu'individu, indépendante ? Miranda s'en fichait bien, elle. Elle vivait sa vie comme elle l'entendait, ne se préoccupant absolument pas de ce que pensaient les autres. Je me sentais bien moins forte qu'elle et cela m'horripilait. Tout comme cela m'agaçait profondément qu'au moment où Sam avait eu envie de me prendre dans ses bras, j'aurais donné n'importe quoi pour qu'il puisse le faire. Étais-je à ce point en manque de contacts ? Sûrement, vu le peu de fois où un homme m'avait enlacée. Je n'eus pas le temps de continuer ma réflexion bien longtemps, car la porte s'ouvrit en grand, laissant débouler une Zelda surexcitée avec les pattes toutes mouillées. Ma voisine entra à sa suite, les joues rosies autant par le plaisir que par l'exercice, les yeux pétillants de bonheur.

— Eh bien, elle a de l'énergie votre petite chienne, ce n'est pas comme le basset que l'on a croisé en chemin. Sa maîtresse devait presque le faire rouler derrière elle, dit-elle en rigolant.

L'image me fit également sourire et je regardai de nouveau avec admiration cette femme qui prenait toujours la vie du bon côté.

— Oui, elle est jeune, c'est pour ça, mais plus tard, je suis sûre qu'elle sera calme. Elle vient d'un élevage qui sélectionne les chiens pour leur capacité à devenir guides d'aveugle.

— Ah ? Vous n'allez pas la garder alors ?

— Non, c'était prévu dès le départ. C'est une collègue qui me l'a amenée pour lui faire son éducation. Ensuite, quand elle aura six mois, je la donnerai au centre de préparation pour les chiens guides. Et là, elle apprendra son nouveau métier. C'est mieux comme ça, elle a été élevée pour ça et elle fera le bonheur de quelqu'un qui aura vraiment besoin d'elle, répondis-je en gratouillant distraitement Zelda derrière les oreilles.

— Et vous, vous n'en avez pas besoin ? demanda ma voisine en me regardant avec ses yeux interrogateurs.

— Euh, c'est un futur chien guide d'aveugle, je ne le suis pas...

— Ce n'est pas ce que je voulais dire ma petite. Je pense juste que ce petit animal vous a permis de vous ouvrir un peu. Je vous trouve, comment dire, plus... vivante, c'est ça.

— Vivante ? m'étonnai-je.

— Oui, ne le prenez pas mal, mais vous étiez toujours avec vos livres, à rentrer tard et à vous calfeutrer avec votre chat sur les genoux. Maintenant au moins, je vous vois vous balader tous les jours. C'est en sortant que vous pourrez rencontrer quelqu'un ma petite. Les hommes, on ne les trouve pas si on ne sort pas.

Je n'en revenais pas. Ma voisine septuagénaire était en train de me donner des conseils pour faire des rencontres !

— Je ne le prends pas mal du tout, vous avez sûrement raison, mais il y a quand même quelque chose qui s'appelle internet, qui permet de nos jours aux gens de faire des rencontres sans bouger de leur canapé.

— Balivernes tout ça ! Moi je n'ai pas ce truc là et je vous assure qu'aller guincher le dimanche après-midi, c'est un excellent moyen pour trouver un bon parti !

— Très bien, je vais songer à m'inscrire à un cours de tango alors, j'ai toujours eu envie de le faire, lui répondis-je amusée.

— À la bonne heure ma petite, c'est bien ça ! Allez, je vous laisse, je vais préparer mon potage. Je reviendrai ce soir pour sortir votre petite chienne.

— Vous êtes sûre ? Cela ne vous fait pas trop ? Je peux demander à une amie sinon.

— Non, non, cela ira, par contre, ce sera une toute petite balade au pied de l'immeuble, parce que le soir, moi, je ne suis pas très à l'aise quand même ! Avec tous ces voyous qui traînent parfois ! A la télé, ils en parlent vous savez.

— C'est vraiment gentil à vous, je vous ferai des petits gâteaux à la cannelle pour vous remercier, ceux que vous préférez.

Elle hocha la tête avec un sourire gourmand qui fit de nouveau scintiller ses yeux bleu clair et sortit de mon appartement en refermant la porte avec toute l'énergie qui la caractérisait. Zelda était restée à côté de moi, la tête légèrement penchée sur le côté pour que je puisse bien la caresser derrière les oreilles.

– 23 –

Il était déjà presque onze heure trente, et je me préparais avec hâte. Je n'avais pas envie d'être en retard ou de me précipiter en trébuchant de nouveau en sortant de ma voiture. Aujourd'hui, je devais revoir John. Aujourd'hui, j'étais surtout décidée à connaître son vrai nom. L'histoire avec Sam ne m'avait pas laissée l'esprit libre et je me rendis compte que la semaine était passée à toute allure. Je m'en voulus de ne pas avoir pris le temps d'écrire à John, mais lui non plus ne l'avait pas fait. Etait-ce le début de la fin, avant même le commencement ? D'un coup, ma rencontre avec John me semblait plus pâle, presque banale comparée au fait de retrouver Sam dix ans plus tard. La conversation que j'avais eue avec lui m'avait plus bouleversée que ce que j'avais bien voulu laisser paraître. On ne ressortait pas indemne d'une discussion avec un ancien amour repentant. J'essayais cependant de ne pas trop me laisser distraire et de me focaliser sur la rencontre à venir.

En arrivant devant l'entrée du restaurant, je fus prise d'une vague nausée. Je restai quelques instants dans ma voiture en respirant calmement. Que se passait-il ? Je me sentais extrêmement mal à l'aise de rencontrer de nouveau cet inconnu à la voix charmante, mais qui ne me laissait pas rentrer dans son intimité. Je ressentais une frustration importante face à cet homme mystérieux qui semblait faire un pas en avant pour mieux reculer ensuite. Parallèlement, Sam était réapparu dans ma vie, et même si j'essayais de ne pas penser en ces termes, je devais reconnaître qu'il m'avait de nouveau un peu séduite. Heureusement que je ne l'avais pas vu et que je m'étais contentée d'une conversation téléphonique. Qui sait ce qu'il aurait pu se passer s'il m'avait réellement prise dans ses bras. Je me trouvais faible et honteuse de penser en ces termes à l'homme qui m'avait tant fait souffrir. Pourtant, les détails qu'il m'avait donnés avaient éclairci certains points. Et je ne lui en voulais plus comme avant. Les blessures étaient toujours là, mais elles étaient moins profondes. L'explication des rituels d'entrée dans le restaurant commençait également à me taper sur le système. Je trouvais cela ridicule, j'avais vraiment envie de voir celui que je continuais d'appeler John, envie de le connaître, de savoir ce qu'il avait vraiment dans la tête et dans le ventre.

J'étais partie un peu précipitamment et j'avais oublié de mettre mon foulard. Je n'avais rien autour du cou et je me sentais comme nue. Il faut dire que j'avais un long cou, hérité de ma mère et de ma grand-mère avant elle. Je les avais toujours connues avec une étoffe savamment enroulée afin de leur tenir chaud.

En sortant de ma voiture, cette fois, je ne tombai pas en me raccrochant à mon rétroviseur et je marchai d'un pas assuré vers l'entrée du restaurant, prenant le parti de ne pas regarder les personnes attroupées qui observaient l'arrivée des gens. Nous faisions l'attraction dans la rue. Des couples échangeaient des sourires complices ou moqueurs selon leur état d'esprit en nous regardant entrer les uns après les autres.

Le bandeau sur les yeux, en silence, dans une ambiance presque monacale, j'entrai dans la salle feutrée et me fis conduire à ma table, la main dans celle d'une jeune femme à la peau douce et au parfum ambré. Depuis que je pratiquais ces déjeuners dans le noir, mes sens s'étaient aiguisés, notamment le toucher et l'odorat. C'était assez étrange et j'avais l'impression que de nouvelles antennes sensorielles avaient poussé sur ma tête. L'image me fit rire mais j'essayai de retenir le gloussement qui menaçait de sortir de ma gorge. Ici, il fallait être sérieux.

L'ambiance était beaucoup plus calme que dans un restaurant normal, peut-être parce qu'en ne voyant pas, on était évidemment beaucoup plus à l'écoute du reste. La séduction ne pouvait passer par autre chose que la voix ou les odeurs, même si par moment, les mains pouvaient se joindre. Je me souvins du contact que j'avais trouvé intense avec la peau de John. Il fallait vraiment que j'arrête de l'appeler comme ça, cela devenait ridicule ! Une fois assise, je me demandai si mon partenaire était déjà arrivé. N'entendant rien et n'ayant pas encore le droit de parler, j'avançai discrètement la main en évitant les verres cette fois-ci. Mais je ne trouvai que du vide en face de moi. Je me sentis légèrement esseulée, me demandant l'espace d'un instant si John n'était tout simplement pas revenu. Peut-être était-il arrivé quelque chose ? Peut-être avait-il rencontré quelqu'un d'autre, le coup de foudre cette fois-ci, une femme à laquelle il aurait pu se livrer sans crainte. En songeant à cela, la colère fusa immédiatement dans mes veines, violente. Une colère qui se nourrissait du manque de confiance en moi. Je n'eus heureusement pas le temps de la laisser grandir car j'entendis des pas se rapprocher de la table, puis le bruit d'une chaise qu'on tirait doucement. Il était là. Je reconnus immédiatement son parfum, aux senteurs boisées et musquées à la fois. J'entendis sa respiration, ample, régulière, calme. Je me sentis enveloppée dans un cocon de sensations confortables, réconfortantes. Nous attendîmes sagement la cloche, et quand celle-ci tinta enfin, nous restâmes quelques instants sans nous parler. Ce silence n'était pas gênant, au contraire même. Je le savourais, le dégustais presque. C'était un de ces silences de confiance, de bien-être. Nous aurions pu continuer ainsi, sans rien dire, savourant juste la présence et l'odeur de l'autre. Mais il fallait tout de même converser, nous étions là pour ça, pour nous connaître. Je décidai de commencer les hostilités.

— Vous étiez un petit peu en retard, commençai-je en me disant immédiatement que j'étais très maladroite.

— En effet, j'ai dû faire un constat avec un autre automobiliste.

— Quoi ? Que vous est-il arrivé ?

— Eh bien, j'étais arrêté au feu et quelqu'un m'est rentré dedans.

— Vous n'avez rien ? m'inquiétai-je.

— Non, tout va bien, c'est juste ma voiture qui a l'arrière un peu défoncé. Mais je ne vais pas vous dire que cela ne m'a pas stressé !

— Oui, j'imagine. J'espère que vous avez bien dit ses quatre vérités à la personne en question.

— Non, je ne suis pas quelqu'un de colérique, cela n'aurait servi à rien.

— Certes, mais moi, je me serais énervée quand même. Je n'y crois pas ! Quelqu'un qui vous rentre dedans au feu ! Il n'avait pas les yeux ouverts ou quoi ?

— Je vois que vous êtes plus sanguine que moi… Mais si on parlait de choses plus intéressantes. Comment s'est passée votre semaine ?

— Eh bien, moi aussi j'ai eu un petit accident, mais pas en voiture.

— Ah, que vous est-il arrivé ? Un raté en skateboard ?

— Très drôle… Mais non, c'est beaucoup moins original que ça. Je suis tombée en descendant de mon lit.

— Ah oui quand même ! Et ça va, pas de casse ?

— Eh bien si, enfin non, rien de cassé, juste une entorse de la cheville. Mais ce n'était pas beau à voir.

— Et là, vous marchez ?

— Oui, enfin disons plutôt que je boitille. Mais la cheville a bien dégonflé avec les anti-inflammatoires, c'était somme toute une petite entorse. Heureusement que j'ai une voiture automatique en tout cas, sinon je ne pourrais pas conduire. Mis à part ça, ma semaine s'est en effet bien passée.

— Avez-vous reçu de bons manuscrits ?

— Non, rien de nouveau par rapport à la semaine dernière. Par contre, j'ai fini celui qui s'intitulait « je te vois », vous vous souvenez ? Je l'ai trouvé vraiment très bon. Le seul problème, c'est que je ne sais pas qui en est l'auteur.

— Comment ça ? L'écrivain n'a pas signé ?

— Si, mais il a signé « scribouillard ». Vous vous rendez compte ? Je reçois des centaines de manuscrits, la plupart étant franchement plus que moyens, et pour une fois que j'en ai un bon, je n'ai pour toute signature qu'un pseudonyme ridicule. À croire que la personne qui a écrit ça ne voulait pas que je la recontacte. Comment est-ce possible ? Pour un éditeur, c'est une des pires choses. Trouver une pépite mais que l'auteur oublie de signer. J'ai écrit à l'adresse mail indiquée, mais je n'ai pas eu de réponse. Si je ne parviens pas à le contacter et qu'il ne me relance pas, alors je ne pourrai pas publier cette petite merveille. Cela me stresse beaucoup.

— Je comprends, c'est une situation peu commune. Vous n'avez vraiment aucune idée de qui cela pourrait être ? Peut-être par le coursier qui vous l'a déposé ?

— Comment savez-vous que c'est un coursier qui l'a déposé ? demandai-je soupçonneuse.

— Eh bien, je me doute bien que les écrivains ne font pas de porte-à-porte pour déposer leurs manuscrits. Cela ne doit pas être facile d'arriver avec son dernier livre sous le bras et de donner cela de la main à la main à un éditeur. Je pense que cela doit faire peur à pas mal d'écrivains en herbe.

— Oui, en effet. En même temps, il y a tellement de refus que je les comprends. Ce n'est pas simple quand on écrit un livre, qu'on y passe des mois voire des années.

— C'est clair, j'ai toujours du mal à imaginer comment on peut passer autant de temps sur un même sujet, répondit-il avec une voix pensive.

L'entrée venait d'arriver et nous prîmes le temps de déguster la petite salade de pommes de terre à l'ail et au basilic qui venait de nous être servie. Je commençais à m'acclimater au fait de manger sans voir ce que je dégustais et cela devenait comme un jeu. Finalement, j'avais l'impression de plus profiter des saveurs, de mieux différencier les choses, et surtout de manger beaucoup moins vite. Je prenais aussi plaisir à goûter les aliments en silence, comme apparemment les autres personnes de la salle.

Une fois nos assiettes débarrassées, nous reprîmes notre conversation.

— Dites-moi, demandai-je d'une voix peu assurée, je ne connais toujours pas votre prénom, vous allez quand même me le dire un jour ?

— Est-ce que cela a vraiment une importance ? demanda-t-il.

— Je ne comprends pas votre question, évidemment que cela a un sens ! Vous savez que je m'appelle Alysson, c'est mon identité, cela me définit quand même. Moi je vous appelle John ou l'inconnu. Vous vous rendez compte ? Cela devient ridicule à force, je ne sais pas si vous faites ça pour entretenir le côté mystérieux ou simplement parce que vous n'aimez absolument pas votre prénom, mais j'aimerais quand même le connaître.

Mon ton avait changé, j'étais maintenant sérieuse. Je trouvais que cela commençait à faire long et j'avais envie de passer à la vitesse supérieure. Soit il voulait tenter de construire quelque chose avec moi, soit tout cela n'était qu'un jeu, et dans ce cas, autant le terminer tout de suite. Je n'étais pas d'humeur à m'amuser.

— Vous paraissez bien pressée d'un coup, pourquoi tant de hâte ? Est-ce que vous ne trouvez pas que le fait de se découvrir sans se voir, sans se coller une étiquette particulière, cela permet d'aller plus au fond des choses ?

— Eh bien non, répondis-je bravache. Au contraire. Jusqu'alors, je trouvais en effet que cela apportait une petite pointe de quelque chose, un petit côté pimenté si on veut, mais maintenant, je finis par ne plus vous imaginer du tout. Seule votre voix m'est familière. Votre odeur un petit peu aussi. Mais j'aimerais au moins pouvoir y associer un nom. Si ce n'est pas trop demander bien sûr.

— Vous êtes agacée, je le sens. Pourquoi cela ?

— Oui, vous m'agacez avec vos questions, avec votre façon d'avancer puis de reculer d'un pas, avec votre ton chaleureux, alors que vous ne voulez même pas me dire votre prénom. Et si vous voulez tout savoir, j'ai repris contact dernièrement avec un homme que j'ai connu il y a longtemps et que j'avais perdu de vue. C'est aussi pour ça que j'aimerais savoir où nous en sommes. C'est important pour moi.

Un silence s'ensuivit, lourd et pesant. Je m'en voulu immédiatement de ce que je venais de dire. J'avais perdu mon sang-froid, et mon honnêteté sans filtre l'avait sûrement blessé. Mais cela reflétait ce que j'avais dans le cœur. Je commençais à saturer entre ma chute, l'altercation avec Miranda, le fait d'apprendre que mon ancienne meilleure amie m'avait encore plus gâché la vie que ce que j'avais cru, que mon ancien grand amour avait finalement voulu me revoir, ce que je ne savais même pas. Et cet homme en face de moi qui faisait semblant d'être quelqu'un, mais qui ? Tout cela commençait à m'insupporter grandement. Je voulais avoir des clarifications, et vite.

— Je suis désolé, souffla-t-il avec une voix grave. Je ne pensais pas que tout cela vous mettait à ce point mal à l'aise. Je croyais vraiment que vous étiez rentrée dans le jeu.

— Le jeu ? Mais quel jeu ? Tout cela n'est qu'un amusement pour vous, c'est ça ? Je n'ai pas envie de jouer, je pensais que vous l'aviez compris. Déjà je n'ai rien demandé, c'est mon amie qui m'a inscrite ici, j'étais contente de faire votre connaissance parce que vous aviez l'air différent des autres, mais à ce que je vois, je me suis peut-être trompée. Je suis une femme, je ne suis pas une poupée avec laquelle vous pouvez jouer en la manipulant comme vous le souhaitez. J'ai mon honneur.

— Mais qu'est-ce que vous racontez, je ne vous ai jamais dit que vous n'étiez qu'un jeu, je vous ai dit que tout cela pouvait être un jeu. Ce n'est pas de vous dont je parle, mais de la situation. J'ai ajouté une touche de mystère, parce que j'aime ça et que je suis peut-être un éternel romantique. Pour moi, le fait d'entretenir le non-dit est aussi une façon de vous séduire.

— De me séduire ? Donc en fait l'objectif, c'est avant tout de me mettre dans votre lit ? C'est bien ça ? Si j'avais su, je n'aurais pas passé plusieurs semaines à me prendre la tête avec ces rendez-vous !

Je me levai d'un bon et tentai de partir d'un pas rapide, mais j'avais oublié un petit détail. Ma cheville n'était toujours pas remise. En l'espace d'un instant, je sentis mon pied se tordre, mon équilibre vaciller, et une seconde plus tard, je me retrouvai étalée de tout mon long sur le sol, le nez sur une chaussure. Je me sentis tout bonnement ridicule et en essayant de conserver le minimum de fierté qui me restait encore, je me relevai tant bien que mal. J'entendis des voix demander qu'on allume la lumière mais d'autres s'y opposèrent fermement. Je n'allais tout de même pas leur gâcher leur rencontre avec mes cabrioles ! J'entendis également la voix de John, que je continuerai donc à appeler comme ça puisqu'il ne voulait même pas me dire son prénom, me demander de rester. Il en était hors de question. Tâtonnant jusqu'à ce qu'une dame de l'accueil du restaurant vint me chercher en me donnant le bras, je sortis la tête haute en boitillant. De toute façon, personne ne me voyait, donc après tout, je n'en avais rien à faire. Ces rencontres dans le noir, c'était terminé pour moi. Cela faisait plusieurs fois que je déjeunais avec un parfait inconnu, qui avait décidé de le rester. Et bien tant mieux pour lui. J'avais des choses à faire et d'autres personnes plus sérieuses à rencontrer. En sortant, je ne pensais qu'à Sam, à sa chaleur lorsqu'il m'avait parlé, et aux confidences qu'il m'avait faites.

− 24 −

J'allais directement au travail, et avec un mouvement d'humeur certain, j'entrai en fracas dans les locaux de « *La plume et les mots* ». Miranda, qui était en train de remplir un contrat, me regarda passer comme un boulet de canon, les yeux écarquillés. Elle posa immédiatement son stylo et me suivit jusqu'à mon bureau.

— Eh bien, qu'est-ce qu'il se passe ? On dirait que tu as envie de tuer la terre entière !

— C'est à peu près ça oui, j'en ai plus qu'assez des hommes. Vraiment marre !

— OK, calme-toi. Qu'est-ce qu'il s'est passé ?

— C'est ce John, enfin ce je ne sais qui. C'est tellement ridicule tout ça. Quand je pense que je me suis laissée embarquer là-dedans. Ce n'est pas contre toi, c'est sûrement une bonne idée pour la plupart des gens, mais avec mon bol, il a fallu que je tombe sur le seul cas social qui n'avait même pas envie de donner son prénom. Il s'amuse avec moi, c'est tout. Comme il a dû le faire avec pas mal d'autres nanas avant. Quand je pense que j'ai été assez bête pour croire qu'il pouvait s'intéresser à qui j'étais vraiment.

— Pourquoi tu dis ça ? demanda-t-elle avec douceur.

— Simplement parce qu'il s'est bien foutu de moi, répondis-je amère.

— Comment ça ? Dis-moi, ce qui s'est passé ? Je sens que je vais aller lui botter les fesses direct à celui-là !

— Pas grand-chose en fait, je suis partie. Et je me suis étalée de tout mon long. Encore…

— Quoi ? Et tu ne t'es pas fait trop mal, ça va ?

— C'est juste ma fierté qui en a pris un coup. Mais pour la cheville, ça va.

— Pourquoi tu es partie comme ça, tu ne vas même pas lui donner d'explications ? demanda Miranda

— Je me suis fâchée, j'en avais assez. Et puis… et puis il y a Sam.

— Le benêt qui voulait absolument te parler ? s'étonna Miranda.

— Il n'est pas si idiot que ça. Je l'ai eu longuement au téléphone hier, et… il a été vraiment sympa. Je ne t'ai pas appelée parce que j'ai finalement préféré réfléchir dans mon coin, mais il m'a donné des explications sur ce qu'il s'est passé entre nous. Et ce n'était pas de sa faute.

— Ah oui ? J'aimerais bien comprendre comment ?

— Je sais que ça peut paraître bizarre, mais je t'assure que ses explications étaient cohérentes. Je n'ai pas trop envie de te raconter, parce que c'est finalement assez blessant et que je me suis encore plus faite avoir que je ne le pensais. Mais pas par lui.

— D'accord… mais je crois quand même que le gars avec qui tu as passé quatre déjeuners méritait mieux que ça. Il semblait te rendre heureuse et plus confiante, et à ce que je sache, ce n'est pas ce Sam qui a réussi à faire ça.

— C'est compliqué tu sais. Sam, c'était tout de même l'amour de ma vie.

— Oui. C'était. Et puis ça s'est terminé. Et maintenant, tu es grande. Il faut passer à autre chose. Si tu veux mon avis, et à vrai dire je ne te demande même pas si tu le veux, tu vas t'en mordre les doigts si tu ne recontactes pas ce John ou ce je-ne-sais-quoi, on s'en fout de son prénom. Est-ce vraiment si important ? Tu lui as demandé pourquoi il ne voulait pas te le dire ?

— Oui, il trouve ça mystérieux, dans la séduction.

— Et ? demanda Miranda, c'est ça qui te gêne ?

— Ben oui, j'ai l'impression d'être une conquête parmi les autres.

— Juste parce qu'il t'a dit qu'il était dans la séduction ? Là, j'avoue que tu me scotches un peu. En fait, ce gars t'a simplement dit que tu lui plaisais, d'une façon qui ne t'a peut-être pas plu, mais quand même, de là à partir ainsi, ça me paraît un peu démesuré comme réaction. Excuse-moi de te dire ça comme ça, mais je trouve que tu es un peu montée sur tes grands chevaux.

— Ecoute, je préfère ne plus en parler, répondis-je agacée.

J'avais surtout besoin de réfléchir toute seule à ce qu'il venait de se passer.

– 25 –

Le soir même, assise dans mon canapé, un plaid gris molletonné nonchalamment posé sur mes jambes, j'étais en train de contempler mon chat pétrissant allégrement le tissu douillet, quand je reçus un avertissement sonore m'indiquant l'arrivée d'un nouveau message dans ma boîte mail. D'un bon, je me précipitai dessus, espérant qu'il s'agisse de Sam. Manque de bol, c'était John. Je lus le mail avec attention.

« *Chère Alysson,*
Je suis tellement désolé de vous avoir fait du mal. Vous voir partir ainsi à l'issue de ces quatre rendez-vous que nous venons de passer ensemble a été pour moi un crève-cœur. Je n'avais pas imaginé à quel point le fait de garder quelques secrets pouvait vous rendre aussi malheureuse. Et croyez-moi, si je l'avais compris, j'aurais bien entendu changé d'attitude. Vous n'êtes pas une parmi les autres, je n'ai pas eu d'autres rendez-vous pendant ces quatre semaines, je ne me le serais pas permis, et ça ne me serait d'ailleurs absolument pas venu à l'esprit. La seule chose que j'avais en tête durant cette période, c'était l'envie de passer du temps avec vous, de sentir votre mignon petit agacement et votre sourire gêné. Parce que oui, même dans le noir, on peut percevoir les sourires. C'est ce que vous m'avez dit et vous aviez bien raison. Mais là j'ai perçu votre détresse, votre colère aussi. Et j'en suis le seul responsable. Je ne sais pas comment me faire pardonner pour ça, j'ai été trop loin dans la dissimulation de qui j'étais, et je le regrette maintenant. Je pensais que vous étiez également engagée dans ce petit

jeu avec moi. Mais je m'étais trompé. Je ne suis pas très fin avec les femmes apparemment, ce n'est pas nouveau. Si vous voulez quelque chose de très personnel, alors voilà. Oui je me dissimule, j'ai peur d'être moi-même, et le fait de pouvoir rencontrer quelqu'un tout en me cachant m'aide énormément, car sinon, j'aurais été bien incapable ne serait-ce que de vous aborder. J'ai un manque cruel de confiance en moi, car mes parents me frappaient, et ce depuis mon plus jeune âge. Adolescent, j'étais petit et malingre, et tout le monde se moquait de moi. Les filles m'évitaient quand elles me voyaient, personne ne me regardait en réalité. Encore aujourd'hui, je tente toujours de passer inaperçu, même si je ne peux finalement pas savoir réellement si c'est le cas ou non. Savoir ce que les autres pensent de moi est difficile, interpréter leurs émotions me demande un effort supérieur aux autres personnes, et à cause de cela, je n'ai pas confiance en moi. Alors oui, j'ai été maladroit avec vous, et je n'ai pas compris votre désarroi. J'en suis terriblement désolé. Si jamais vous voulez malgré tout me revoir et me pardonner, sachez que je suis à votre entière disposition. Mais j'ai bien compris dans ce que vous m'avez expliqué tout à l'heure que votre ancien amour de jeunesse était revenu dans votre cœur. Je ne pense pas pouvoir lutter malheureusement, et en dépit du fait que je crois qu'une personne nous ayant fait souffrir au point de ce que j'ai perçu chez vous n'est pas une bonne personne, je vous laisse bien évidemment le choix.

Avec tout mon respect,
Bien à vous,
Philippe. »

Je ne m'étais pas rendue compte que les larmes avaient coulé sur mes joues en lisant son mail. J'avais rarement été aussi émue par un homme, et je n'avais qu'une envie, c'était de le rappeler immédiatement pour le rassurer. Mais le problème était que l'amour n'était pas de la pitié ou de la compassion. Que ressentais-je vraiment pour Philippe ? Le fait qu'il m'ait donné son prénom et qu'il s'excuse ainsi de son comportement, qu'il témoigne d'une révérence et d'un profond respect me toucha énormément. Mais ce n'était pas forcément suffisant pour entamer une relation amoureuse. J'avais l'impression que nous avions en quelque sorte loupé notre moment. Cet instant bien précis ou deux trajectoires personnelles peuvent se rejoindre afin de faire route commune. Ce moment fragile, ténu, instable. Je ne savais plus où j'en étais. Ma colère s'était cependant dissipée, il ne me restait maintenant qu'une émotion forte mais indéfinissable, qui me mettait mal à l'aise. Devais-je retourner dans le passé, essayer de reconstruire quelque chose avec Sam ? Ou bien donner sa chance à Philippe ?

De toute façon, il était maintenant l'heure de me coucher. J'en avais eu assez pour la journée, je souhaitais juste être tranquille et partir dans de doux rêves. Mais c'était sans compter sur Zelda qui me rappela par un gémissement plaintif qu'elle avait des besoins impérieux à satisfaire. Flûte, j'aurais bien aimé me passer de la promenade rituelle ce soir. Boitillant et enfilant mon manteau, j'attrapai le collier et la laisse de la petite chienne qui frétillait d'aise en me regardant avec des yeux fous d'amour. Cela me fit sourire. Je n'arrivais clairement pas à lui résister. La petite mamie de l'étage en dessous aurait pu continuer à la sortir, elle me l'avait bien proposé, mais ma cheville allait déjà mieux. Peut-être le fait de m'étaler de nouveau de tout mon long avait-il fait qu'elle se remette plus facilement. Une sorte d'ostéopathie à la dure.

Dehors, tout était calme, les étoiles brillaient dans le ciel nimbé de quelques nuages et je respirai avec bonheur l'air frais et pur du soir. J'aimais ce moment entre chien et loup, quand la lune n'était pas encore trop haute dans le ciel et que sa clarté louvoyait sur le sol. Les arbres avaient des couleurs fantasmagoriques, presque irisées, et je m'arrêtai un instant pour les contempler. Je n'avais jamais peur quand j'étais ainsi seule dans le noir. Je m'y sentais bien, en sécurité. Dans mon élément. Peut-être était-ce mon côté solitaire qui s'exaltait aux heures tardives, là où la plupart des gens commençaient à craindre de sortir seuls. Zelda n'avait pas non plus l'air effarouchée et elle prenait un divin plaisir à renifler chaque odeur sur le trottoir. En revenant vers chez moi, je me mis à réfléchir à un stratagème pour retrouver ce fameux scribouillard. J'étais partagée entre deux solutions : laisser tomber car je trouvais l'attitude de cet auteur plus que cavalière, ou bien tout faire pour le retrouver. Son roman était une petite pépite, et j'en avais bien besoin en ce moment. Cela faisait maintenant six mois que je n'avais pas intégré un bon livre dans mon catalogue. Deux romans y étaient entrés, mais plutôt par défaut. Ils n'étaient pas mauvais, non, mais ils n'avaient pas la qualité de celui que je venais de découvrir. Je ne pouvais pas louper cet auteur. En passant à côté d'une voiture, je me remémorai soudain le petit mot que Sam avait laissé dix ans auparavant sur le pare-brise de celle de mon père. Je tenais mon idée. D'un pas alerte, je rentrai rapidement chez moi suivie de Zelda qui commençait à traîner un peu la patte. Autant elle était enthousiaste quand il s'agissait de sortir, autant le fait de rentrer la laissait bien plus froide. Une fois passée la porte d'entrée, j'enlevai le petit collier et m'assis immédiatement devant mon ordinateur. Je rédigeai rapidement mon annonce. Puisqu'il ne répondait pas par mail, il fallait prendre le taureau par les cornes. J'y ajoutai un dessin humoristique représentant un écrivain perdu au milieu d'une pile de livres. Sans tarder, je décidai de l'envoyer à Miranda pour avoir son avis. Ce ne fut pas long, la sonnerie du téléphone retentit sans tarder.

— Mais c'est une super idée ton truc !

— Tu crois vraiment ? J'avais peur que tu me dises que c'était un peu ridicule.

— Absolument pas. Tu as raison, j'ai commencé son manuscrit, il est vraiment excellent. Il faut absolument qu'on le retrouve celui-là. Tu comptes les mettre où tes affiches ?

— Un peu partout dans le quartier, sur les voitures. J'hésite aussi à les mettre sur les réseaux sociaux, qu'est-ce que tu en penses ?

— Je ne le ferais pas pour le moment, de toute façon c'est clairement quelqu'un du quartier. En général, les écrivains commencent par envoyer leur manuscrit dans les boîtes d'édition qui sont à côté de chez eux. On peut espérer en tout cas que ce soit le cas. Peut-être que c'est un fan des jeux de piste et qu'il a envie de savoir si tu es suffisamment intéressée pour lui courir un peu après ?

— Il ne serait pas gonflé alors…

— En même temps, il peut se le permettre, répondit Miranda. Ta voisine sort toujours Zelda ?

— Non, je l'ai fait moi-même, je viens à peine de rentrer. C'est justement durant la balade que j'ai eu cette idée.

— OK, ça va ta cheville quand même ? Ça tient le coup ?

— Oui, c'est en train de passer. Si j'arrive à ne pas retomber, ça devrait aller. Allez, en attendant, je vais me coucher, je suis vraiment vannée. Toutes ces histoires, ça commence aussi à me taper un peu sur les nerfs.

— Bonne nuit alors.

Je fermai la porte de ma chambre, non sans avoir mis Zelda dehors, puis me relevai immédiatement pour ouvrir à Colombo qui grattait furieusement la porte, menaçant d'y laisser des empreintes indélébiles. Il entra comme un seigneur, la queue en point d'interrogation, le pas nonchalant, fier d'avoir ce privilège que la petite chienne n'avait pas. En même temps, ses arguments étaient imparables. Si je ne lui ouvrais pas, il m'empêchait complètement de dormir.

– 26 –

Le lendemain matin, je me réveillai avec les idées plus claires et décidai d'aller marcher un peu avant mon petit déjeuner, ce qui était vraiment inhabituel chez moi. J'en profitais pour coller mes affiches un peu partout. De bonne humeur, je me préparai rapidement, mis Zelda dans son petit panier de transport que j'avais acheté récemment pour qu'elle arrête de gigoter dans la voiture, et partis. Miranda n'était pas encore là quand j'arrivai dans ma petite maison d'édition. J'aimais ces moments de solitude au petit matin, et souvent, j'avais l'impression de faire le plus beau métier du monde. Je chargerais Miranda de coller les affiches quand elle arriverait. J'avais encore quelques manuscrits à lire et je voulais rester disponible au cas où ce fameux écrivain me contacterait. J'avais laissé le numéro de téléphone du bureau ainsi que mon adresse mail. Je ne voulais surtout pas que d'autres éditeurs arrivent à le contacter avant moi. La plupart des écrivains envoyaient leurs manuscrits à environ une trentaine d'éditeurs, alors il n'y avait pas de temps à perdre. Peut-être était-il déjà perdu pour moi d'ailleurs. Je n'avais pas encore envie de répondre à Philippe. Son mail m'avait certes touchée et je lui étais reconnaissante de s'être enfin mis à nu, du moins en partie. Il avait clairement dû faire un effort, considérant les conversations que nous avions eues avant. Cela montrait donc qu'il tenait à moi. Mais la question était de savoir si c'était réciproque. J'avais l'impression de jouer sur deux tableaux, ce que je détestais. J'avais honte de moi, mais après n'avoir rencontré que des abrutis, je me retrouvais en l'espace de quelques semaines avec deux personnes que j'appréciais beaucoup et entre lesquelles je n'arrivais pas à choisir. Mon téléphone vibra et je regardai le SMS qui venait de s'afficher. C'était Sam. Il me donnait rendez-vous dans le parc à côté de mon bureau à midi. Apparemment, il voulait me parler. Miranda choisit ce moment pour arriver en fanfare, claquant la porte et faisant résonner ses claquettes sur le sol stratifié.

— Salut ma belle, alors, tu as bien dormi ?
— Oui, mais, je suis un peu embêtée.
— Par quoi ? demanda-t-elle
— Eh bien, je me retrouve avec mon inconnu qui m'écrit un mail adorable, au fait il s'appelle Philippe, et Sam, qui souhaite me voir. Tous les deux. Je ne sais pas quoi faire. Peut-être est-ce que je devrais ne pas les voir, tout simplement. Et passer à autre chose.

Miranda ouvrit grand les yeux, bouche bée.

— Tu te fous de moi j'espère ? Tu as deux gars qui s'intéressent à toi, qui pour une fois semblent te convenir, même si je t'avoue que ce Sam ne me plaît pas du tout, et toi tu comptes ne pas les revoir ? C'est bien ça que je comprends ? Là il y a quelque chose qui m'échappe. Alors soyons clairs, je t'interdis de faire ça ! Il est hors de question que je te laisse gâcher une possibilité d'avoir enfin une relation sympa avec quelqu'un.

— Oui, mais le problème c'est qu'il n'y a pas « quelqu'un », il y a deux personnes. Trois avec moi donc. Un couple, c'est plutôt deux.

— Eh bien alors ? Le triangle amoureux ? Tu ne connais pas ? C'est un des grands classiques de la littérature romantique pourtant. Il n'y a pas mieux, crois-moi. Ça te motive un peu les hommes quand ils sentent qu'il y a quelqu'un d'autre sur le coup.

— Arrête de parler ainsi, ça me gêne, répondis-je en baissant les yeux.

— Tu ne devrais pas. Tu n'as rien fait de mal, il y a juste deux hommes qui te font des avances. Je trouve que c'est vraiment romantique et pourtant ce n'est pas mon fort, tu le sais. J'ai cependant quand même une préférence pour ton Philippe.

— Moi, je ne sais plus vraiment quoi penser de tout ça. C'est vrai que le mail qu'il m'a écrit hier soir était vraiment très touchant. Mais Sam… Eh bien, c'est Sam quoi. J'ai le sentiment que peut-être, c'est la chance de reprendre là où ça n'aurait pas dû s'arrêter.

— Eh oh ! Il y a quelqu'un ? rétorqua Miranda en me tapotant la tête. Arrête un peu, le côté « retour vers le passé » ne me plaît pas du tout. Vis dans le présent. Punaise Alysson, cela fait dix ans. Dix ans ! Il s'en est passé des choses depuis, tu ne crois pas ? Tu n'es plus celle que tu étais alors, et lui non plus.

— Oui, justement… répondis-je songeuse en lui faussant compagnie.

Je préférais rester un peu seule, pour ne pas être influencée par mon amie. Je savais de toute façon qu'elle n'aimait pas Sam et je ne pouvais pas réfléchir posément avec elle sur le dos en permanence. Je n'avais pas envie de répondre à Philippe avant d'avoir revu Sam. Il me fallait tirer au clair les sentiments que j'avais pour lui. Je ne voulais pas faire deux fois la même erreur.

– 27 –

Prenant mon courage à deux mains, j'avais écrit à Sam pour lui fixer un rendez-vous au parc en bas de chez moi. Il avait répondu tout de suite avec beaucoup d'entrain et j'étais là, en train de l'attendre, comme une collégienne effarouchée, le cœur à cent à l'heure et des papillons dans le ventre. Je n'en revenais pas qu'il me mette encore dans cet état dix ans plus tard. J'en venais à me demander si le fait de ne pas avoir donné leur chance aux différents hommes que j'avais rencontrés depuis n'était pas en réalité une conséquence de l'amour que je portais toujours inconsciemment à Sam. J'espérais juste que cette fois, il ne me décevrait pas.

Une main tapota mon épaule et je me retournai d'un bond, surprise. Il était devant moi, grand sourire aux lèvres, cheveux légèrement plus longs que dans mon souvenir, mais toujours avec ce charme fou qui m'avait fait chavirer autrefois. Penaude, ne sachant pas trop quoi dire, je lui tendis bêtement la main. Il me la prit et m'attira à lui sans hésiter, me prenant dans ses bras. Le nez contre son torse, n'osant bouger de peur de briser ce moment, je respirai aussi doucement que je le pouvais pour essayer de me calmer. Je sentais mon cœur battre à tout rompre dans ma poitrine et percevais aussi le sien, plus calme. J'aurais aimé que ce moment ne s'arrête jamais. Quand il relâcha enfin son étreinte, je me reculai et le regardai dans les yeux. Mais je n'y vis qu'une sensation de soulagement teintée de nostalgie. Etonnée, je repris mes esprits et tentai de paraître la plus détachée possible. Nous nous mîmes à marcher.

— Cela me fait plaisir de te voir, commençai-je pour masquer mon émotion et ma gêne. C'était…

— Oui, pour moi aussi, dit-il. Au téléphone je n'avais pas pu te prendre dans mes bras. C'est chose faite. Cela me fait plaisir de te revoir. Tu sembles très en forme.

— C'est une blague sur mes rondeurs ? maugréai-je.

— Euh, non, tu as l'air en pleine forme, c'est tout, répondit-il un peu embarrassé.

Un silence s'installa entre nous et nous continuâmes à marcher l'un à côté de l'autre, ne sachant quoi nous dire. Je le sentais mal à l'aise. Il m'avait attirée contre lui et me repoussait maintenant, comme avant finalement. Rien n'avait changé, contrairement à ce que disait Miranda. Je me sentis face à lui comme une étrangère et à ce moment précis, le souvenir de la complicité que j'avais éprouvée avec Philippe me bouleversa. Comment avais-je pu être aussi bête ? M'arrêtant de nouveau, je le regardai dans les yeux, l'air bravache et décidée à en avoir le cœur net.

— Sam, dis-moi et sois honnête, qu'est-ce que tu as en tête ? Tu n'es pas revenu vers moi pour me prendre dans tes bras et me dire que je suis rondouillarde, qu'est-ce que tu veux de moi ? Je suis désolée d'être directe, mais j'en ai assez de jouer, je n'ai plus envie de ça. J'ai été sympa avec toi, mais maintenant, à toi de me renvoyer l'ascenseur.

— OK, commença-t-il mal à l'aise. Je… Enfin c'est un peu délicat en fait.

— Vas-y, je t'écoute, l'encourageai-je en essayant de garder mon calme.

— Eh bien voilà, il s'agit d'Amanda, souffla-t-il en baissant les yeux.

— Amanda ? m'étonnai-je. Pourquoi est-ce que tu me parles d'elle ?

— Parce qu'il est question d'elle, il a toujours été question d'elle.

— Comment ça ?

— Promets-moi de ne pas te fâcher, je ne savais pas comment faire… Amanda et moi, enfin, on… On est ensemble.

— Quoi ? éructai-je en m'étouffant à moitié. Comment ça ? Et c'est maintenant que tu me le dis ! Et moi qui ai cru que tu étais à l'article de la mort. Mais quelle idiote je fais ! Donc si je comprends bien, vous vous êtes bien payé ma tête. Encore une fois ! C'était quoi ? Un pari ? Le genre, tiens on se refait le coup d'il y a dix ans ?

Je commençai à partir en sens inverse mais Sam m'attrapa le bras, me forçant à me retourner.

— Laisse-moi t'expliquer, j'ai été maladroit, je le sais, mais c'était pour la bonne cause, si je peux parler ainsi. Avec Amanda, on s'est revus après notre rupture.

— Je le savais ! Donc ton histoire de papier dérobé, c'était du flan !

— Non, pas du tout, c'est la vérité. Elle était toujours amoureuse de moi en fait, et elle a tout fait pour que tu m'en veuilles. Je sais que c'était plus que moyen de sa part, mais elle m'aimait. Et moi, j'ai mis quelques semaines à me remettre de notre histoire avant de ressortir avec elle, mais j'ai été touché quand j'ai appris ce qu'elle avait fait par amour pour moi.

— Touché par le fait qu'elle trahisse sa meilleure amie pour un pauvre mec dans ton genre ?

— Tu as raison, je suis un pauvre mec, mais je l'aime. On s'aime. On s'est mariés.

— Quoi ?!

C'était de mieux en mieux, j'étais au bord de l'apoplexie.

— Je sais que cela doit te paraître dingue, mais quelques semaines après notre rupture, on s'est revu et on ne s'est plus quittés.

— Punaise, je ne comprends plus rien là ! Pourquoi est-ce que tu as eu le culot de revenir dans ma vie avec tes paroles douçâtres, tout ça pour me dire que tu es marié avec mon ex meilleure amie ? Mais qu'est-ce que…

— Parce qu'elle est en train de mourir. Amanda est en train de mourir, me coupa Sam en serrant plus fort mon bras qu'il n'avait toujours pas lâché.

Je restai quelques secondes muette et figée, tentant de digérer l'information. Dégageant doucement mon bras, je le regardai. Son regard était voilé par les larmes et ma colère retomba instantanément, laissant place à de la tristesse. Quoiqu'ait pu faire Amanda, elle ne méritait pas de mourir si jeune.

— Qu'est-ce qu'elle a ? demandai-je doucement.

— Une leucémie. Elle est condamnée.

— Pourquoi es-tu revenu vers moi Sam ? Quel est le rapport avec moi ?

— Elle s'en veut pour ce qu'elle t'a fait. Et je ne voulais pas qu'elle… parte comme ça. Elle passe son temps à dire qu'elle a mérité ce qu'il lui arrive. Qu'elle a été la pire amie au monde. Cela me fait trop de mal d'imaginer quelle va mourir en pensant ça. Même si elle a mal agi, je l'aime Alysson. Je ne peux rien faire pour l'empêcher de mourir, mais l'aider à se sentir en paix avant d'affronter son destin, ça reste encore possible. Si tu m'aides. Et si on fait vite.

Je restai sans voix et lui pris la main, hochant simplement la tête.

− 28 −

J'étais rentrée depuis une heure mais je ne me sentais toujours pas bien. Mon ventre me faisait mal, j'avais la nausée et je ne savais pas ce que j'allais pouvoir dire à Amanda. Je n'étais pas un monstre, mais je n'étais pas non plus très courageuse. Je ne savais pas comment j'allais bien pouvoir réagir face à celle qui avait été à la fois ma meilleure amie et ma pire ennemie. Mais j'avais promis à Sam. Je n'avais pas envie d'en parler à Miranda, j'avais besoin d'être seule pour faire cela. Je regardai dans mon placard pour trouver une tenue un peu plus colorée histoire de ne pas arriver habillée en noir ou en gris. Cela me semblait inapproprié pour aller voir quelqu'un qui était en train de mourir. Je trouvai un petit pull bleu clair que j'aimais bien et l'enfilai. Il était doux et ample, comme j'aimais. Je vérifiai ma montre. J'avais encore le temps. Prenant mon ordinateur portable, je rédigeai rapidement un message à Philippe.

« Cher Philippe,
Merci pour votre message. Je n'imaginais pas que vous vous appeliez ainsi. Ne vous en faites pas, je trouve ce prénom vraiment magnifique. Vous auriez dû me le dire avant. Je ne vous ai pas répondu tout de suite car j'étais encore sous le coup de la colère, j'espère que vous ne m'en voudrez pas. Merci de vous être dévoilé ainsi, j'en avais besoin pour avoir la confiance nécessaire à la poursuite de notre relation. Car oui, je pense que nous vivons un début de relation, si vous en êtes d'accord bien évidemment. Je dois aller faire quelque chose d'important et d'urgent, en rapport avec cet homme dont je vous ai parlé et qui

date de mon passé. J'ai pris conscience aujourd'hui que ce n'était en effet qu'un reflet, et qu'il ne m'apporterait rien de meilleur aujourd'hui que plusieurs années auparavant. Je ne sais pas si je suis très claire, mais c'est ma façon de vous dire que j'aimerais vous revoir. Que diriez-vous d'un pique-nique au grand jour cette fois ? Au parc du Ranzay, demain midi ? Je vous attendrai devant l'étang, celui avec les maquettes de bateaux.

Alysson »

Je cliquai sur « envoyer » et ressentis immédiatement une petite décharge dans l'estomac. J'avais à la fois peur que mon mail ne soit trop émotionnel, mais aussi pas assez. J'avais mal agi avec cet homme, je m'étais laissée emporter et je lui avais fait clairement comprendre que j'allais voir quelqu'un d'autre. Qui plus est quelqu'un qui m'avait fait du mal avant. Je me sentais en dessous de tout. Et il fallait maintenant que j'aille voir une femme qui était en train de mourir d'un cancer, mariée à l'homme que j'avais follement aimé. Je me massai un peu les épaules, fit une caresse rapide à Zelda qui soupira de contentement, et sortis en coup de vent. Elle m'avait suivie avec entrain en se dandinant et en regardant la laisse avec gaieté. Quand j'avais refermé la porte, j'avais surpris son regard déçu et ses oreilles étaient retombées d'un coup. Elle était tellement expressive. Cela me faisait mal au cœur, mais il était hors de question que je l'emmène à l'hôpital.

Devant le grand bâtiment gris, je regardai les huit étages qui le composaient. Sam avait préféré que j'y aille seule et il m'avait juste donné l'étage et le numéro de la chambre. Il m'avait prévenue qu'Amanda n'était pas au courant. Je l'avais remercié de me l'avoir dit même si je ne comprenais pas tout à fait. Ne pas dire à sa femme ce qu'il avait fait pour me retrouver ni que j'allais passer me semblait assez étrange. Une infirmière sortit de la chambre, l'air soucieux et affairé. J'entrai par la porte restée entrouverte. Amanda était là, elle regardait la télévision. Elle n'avait finalement pas beaucoup changé, mais ses cheveux autrefois si lisses et brillants étaient légèrement collés. Elle n'était vêtue que d'une sorte de blouse bleue et blanche, et une perfusion sortait de son bras droit.

— Alysson ? Mais que fais-tu là ?

— Bonjour Amanda, répondis-je. Je sais qu'il ne t'a pas prévenue, mais…

— Mais il sait que je vais bientôt mourir, souffla Amanda. C'est donc ça…

— Oui, il le sait, lui dis-je en m'approchant un peu. Je t'ai apporté ça.

Je sortis un bouquet de fleurs jaunes. Je savais que c'était sa couleur préférée car Sam me l'avait dit. Je me rapprochai encore d'elle pour lui prendre la main. Elle leva les sourcils, émue et surprise.

— Je suis désolée, me dit-elle doucement en baissant les yeux.

— Ne le sois pas, tout ça c'est du passé. On était jeunes et tu étais amoureuse. Pourquoi ne me l'as-tu pas dit à l'époque ?

— J'étais jalouse de toi, toi la fille pure que tout le monde respectait. Moi, j'étais une trainée, je couchais avec tous les mecs sans me poser de question. Et Sam… Il avait été un des seuls à bien me traiter, à ne pas être méprisant avec moi. Il s'en foutait de ma réputation. Et quand je l'ai vu attaché à toi, je n'ai pas supporté. Je pensais pouvoir être heureuse pour toi, comme une amie quoi, mais quand il t'a laissée, j'ai sauté sur l'occasion pour vous séparer définitivement. Quand je lui ai dit ensuite….

— Il m'a raconté. Ne t'en fais pas. Il m'a dit qu'il était toujours amoureux de toi et tu sais, je ne regrette plus rien.

Comment le pourrais-je ? Il t'aime toujours autant, tu te rends compte qu'il a osé me rechercher et me rencontrer pour m'expliquer ça afin que je vienne te voir ?

— Oui, ça me semble dingue. S'il me l'avait demandé, je lui aurais dit de ne pas le faire, mais maintenant, je suis vraiment heureuse qu'il l'ait fait. Merci Alysson, vraiment, me dit-elle en me serrant plus fort la main.

Nous restâmes quelques minutes comme ça, mais une infirmière entra. Elle devait lui injecter des antidouleurs assez puissants et Amanda me fit un signe de tête en guise d'au-revoir. D'adieu plutôt.

Baissant les yeux, ne sachant pas quoi dire, je partis en me retournant une dernière fois sur cette femme de mon âge qui allait bientôt partir avant l'heure. Une fois dans le couloir, je ne pus empêcher les larmes de couler sur mes joues et je m'éloignai rapidement de la chambre pour qu'Amanda ne m'entende pas. Elle semblait si forte et sereine malgré sa souffrance. J'avais honte de ne pas mieux contrôler mes émotions.

Je rentrai chez moi après avoir envoyé un SMS à Sam. Je lui demandai de ne plus jamais me contacter. J'avais envie de tirer un trait sur mon passé et de vivre. Pleinement. Sans me retourner.

– 29 –

Le lendemain matin, je décidai de travailler de chez moi. J'avais passé une partie de la soirée au téléphone avec Miranda. Je lui avais raconté mon entrevue avec Sam et ma visite à l'hôpital. Pour la première fois depuis que je la connaissais, elle m'avait écoutée sans me couper la parole. Puis nous avions parlé comme jamais nous ne l'avions fait. J'avais l'impression que cette histoire me faisait revivre. Qu'enfin je pouvais être moi-même. J'avais compris ce qu'il s'était passé et l'acceptais. Je n'y étais pour rien.

Quand l'heure arriva, je pris Zelda avec moi et marchai vers le parc, humant l'air chargé d'humidité et essayant d'imaginer à quoi pouvait ressembler Philippe. J'avais envie de le voir, de le toucher, de le sentir et de percevoir dans son regard s'il ressentait la même chose que moi. Je me dirigeai vers le lac où, comme chaque jour, des enfants jouaient avec leurs maquettes de bateaux, toutes plus colorées les unes que les autres. Les petits moteurs diffusaient un ronronnement agréable qui emplissait le bassin. Zelda était à côté de moi quand soudain, elle tira sur sa laisse, me surprenant et me faisant la lâcher. Ma petite boule de poils détala en galopant vers un gros chien noir qui était couché devant le bassin un peu plus loin. J'essayai de la rappeler, mais rien à faire, elle était déjà en train de sauter avec entrain sur le chien qui s'était levé et qui résistait à ses joyeux appels au jeu en la repoussant doucement du museau.

— Zelda, reviens ici ! Je suis désolée, vraiment, dis-je à l'homme qui était assis à côté. Je crois que c'est la première fois qu'elle voit un compatriote depuis pas mal de temps ! Votre chien est magnifique.

L'homme portait des lunettes de soleil et je le vis se tourner vers moi en souriant.

— Il parait, me dit-il d'une voix qui déclencha en moi un coup au cœur.

— Philippe ?

— Je vois que votre chien a plus de flair que vous !

— Toujours autant d'humour, à ce que je vois, répondis-je un peu gênée.

— On ne se refait pas en effet. Alors dites moi, j'espère que vous n'êtes pas déçue.

Je regardais l'homme qui était devant moi. Ses cheveux étaient presque noirs, son nez légèrement busqué, assez fin, lui donnant un petit air de statue grecque. Il avait un sourire en coin que j'avais l'impression de connaître tellement il me rappelait l'ironie ravageuse qui m'avait parfois tant agacée durant nos déjeuners. Ses lunettes de soleil complétaient à merveille son look avec leur monture verte pailletée de jaune. Il ne m'avait pas menti sur ce point.

— Ah non, pas du tout, et les lunettes, en effet, ça donne un certain style ! Mais je pensais que vous me parliez de lunettes de vue par contre.

— Eh bien non, ce sont mes lunettes de camouflage, je dirais.

— De camouflage ? Vous êtes bien un agent secret alors, c'est ça, dis-je en rigolant. En tout cas, pour passer inaperçu il y a mieux. Et honnêtement, je ne comprends pas comment vous avez pu ne pas être regardé par toutes ces filles durant votre adolescence, me hasardai-je.

— Merci, je suis flatté. Vraiment. Venez vous assoir, me dit-il en m'indiquant un siège à côté de lui.

Je m'exécutai avec timidité. Son assurance m'impressionnait.

— Vous avez pu régler vos affaires ? reprit-il d'une voix sérieuse.
— Oui, c'est fini. Définitivement cette fois. Et j'ai maintenant les réponses qu'il me manquait. Je crois que j'en avais besoin. Je suis vraiment désolée de vous avoir laissé comme ça la dernière fois vous savez, lui dis-je en le regardant.
— Ne vous en faites pas, vous étiez pleine de doutes et ne saviez plus quoi faire, je comprends parfaitement. Vous avez eu l'honnêteté et la délicatesse de me dire la vérité et de me faire part de vos hésitations. C'est tout à votre honneur. L'important est que vous ayez pu avancer et résoudre vos problèmes. Et pour répondre à votre mail, oui, je suis bien évidemment d'accord avec vous. Nous avons en effet un début de relation, me dit-il en me prenant la main.

Son contact me fit l'effet d'une caresse et je refermai mes doigts sur les siens pour ressentir les battements de son cœur dans ma paume. Comme le mien, il battait vite et je lui fis un sourire en coin auquel il ne répondit pas. Inquiète, je desserrai légèrement mes doigts, me sentant un peu ridicule.

— Qu'y a-t-il ? me demanda-t-il surpris.
— Vous n'avez pas répondu à mon sourire, cela m'a semblé étrange. Ai-je fait quelque chose qui vous a déplu ? demandai-je.

Je le vis baisser la tête et serrer les lèvres puis il se tourna vers moi.

— Que voyez-vous ? demanda-t-il simplement.
— Heu, eh bien je vous vois vous, le petit lac, les bateaux, Zelda et votre chien qui ont l'air de bien s'entendre. Pourquoi ?
— Parce que nous ne voyons pas les mêmes choses, répondit-il. Vous vous souvenez que je vous avais parlé d'un secret ?
— Oui.

— Eh bien j'en ai deux en réalité. Le premier va vous faire plaisir, je pense. Je suis écrivain.

— Non ?

— Eh si, enfin pas que, je suis aussi chercheur en pédagogie des mathématiques. J'étais enseignant auparavant.

— Ouah… Là je suis bluffée. Vous écrivez quoi ? Pourquoi vous ne me l'avez pas dit avant ?

— Je ne voulais pas vous influencer et je suis un peu joueur, vous le savez maintenant.

Je réfléchis quelques secondes et je lui fis un grand sourire.

— Scribouillard, c'est vous ? Sérieusement ? Je n'y crois pas ! Quand je pense que vous avez dû voir mes affiches, que je vous en ai parlé et que vous m'avez fait mariner comme ça, vous êtes vraiment incroyable dans votre genre. C'est très bon ce que vous avez écrit, rassurez-moi, vous n'avez pas encore signé ailleurs j'espère ?

— Non, j'attendais que vous deviniez en fait, mais les devinettes ça n'a pas l'air d'être votre truc apparemment.

— Vous y allez fort quand même, ce n'était pas facile ! me défendis-je. Je suis trop contente, Miranda va être folle de joie aussi. Elle vous aime beaucoup.

— Votre amie ?

— Oui. Votre titre m'a intriguée. Pourquoi celui-là ?

— Parce ce que je vois ce que d'autres ne voient pas.

— Vous êtes devin en plus d'être chercheur et écrivain ?

— Non, je suis aveugle. C'est ça mon deuxième petit secret.

Je restai sans voix, me sentant lamentable. Je le regardai attentivement et cela me sauta aux yeux. Sa façon de tourner la tête vers moi, ses lunettes, son chien couché à ses pieds, le fait qu'il ne réponde pas à mon sourire, je n'avais pas voulu le voir, simplement.

— Je n'avais pas vu, enfin je voulais dire…

— Ne vous en voulez pas, et ne vous en faites pas, j'ai l'habitude maintenant. Cela ne me gêne presque plus en définitive. J'ai développé d'autres sens, et je vois les choses à ma façon, différemment. J'ai perdu la vue suite à une poussée de glaucome, un œil après l'autre. Mais j'ai encore en mémoire les couleurs, les formes, la beauté de la nature que j'ai eu la chance de voir dans ma jeunesse. Le titre que j'ai choisi pour mon premier roman, c'est un peu un pied de nez à tout ça.

— C'est pour ça que vous avez choisi de rencontrer des femmes dans le noir ?

— C'est un ami qui m'en a parlé. Et je me suis dit que ce serait une bonne idée en effet, de partager un même ressenti au début d'une relation.

— Pour être sur un pied d'égalité, repris-je.

— En quelque sorte oui. Je pense que j'avais peur que mon handicap soit un frein, qu'une femme n'ait pas envie d'en savoir plus sur qui j'étais vraiment dans des rencontres plus classiques. Est-ce que vous êtes déçue ?

— Non, évidemment que non, cela ne change strictement rien pour moi.

— Oui, c'est ce que l'on dit au début. Mais il y a tout de même des choses que je ne peux pas faire comme tous les autres.

— Et il doit y avoir tant de choses que vous faites mieux que tous les autres… lui dis-je avec douceur. Vous avez lu en moi, et ce livre, que vous avez écrit. Il est splendide. Vraiment. Vous l'avez dicté ?

— Oui, j'ai un logiciel de reconnaissance vocale. La cerise sur le gâteau, c'est que cela va vraiment très vite pour écrire comparé au fait de taper sur un clavier. L'inconvénient est qu'il y a de nombreuses corrections à faire ensuite. C'est assez technique et il faut être équipé, mais autant dans le travail que dans l'écriture, je considère que le fait de ne pas voir n'est pas un frein.

— Vous devez avoir un sens du toucher très développé.

En disant cela, je me rendis compte immédiatement du sous-entendu sensuel que je venais de faire, sans vraiment y avoir pensé. Mais en voyant le large sourire qui illumina son visage, je me détendis immédiatement et souris à mon tour. Philippe me prit la main et la porta à ses lèvres. Elles étaient douces et chaudes et le baiser qu'il me donna me transporta. Enfin, je l'avais trouvé. Doux, intelligent, posé, tendre. Celui dont j'avais rêvé et que je n'espérais plus rencontrer.

— Toi et moi, me dit-il, je crois que l'on va s'entendre. Et pour longtemps.

<u>FIN</u>

Impression : BoD - Books on Demand, Norderstedt, Allemagne

Dépôt légal : Décembre 2021